# 生命的风华

王端正 著

复旦大学出版社

## 序
# 看见人间风华

方菊雄

最精微奥秘的气质、文采、境界、格局皆可称之为风华。

每一个世代都有一些默默耕耘，拔地向天，凛然坚持着理想的人物。

王端正先生便是我所认识的这样一个人。

他"望之俨然、即之也温"，"信手拈来、妙笔生华"，"开口动舌，尽是绝妙好辞"。他的文章在文学的浪漫里有着谨密的逻辑思维；他的为人在举世淘淘的滚滚红尘中，保持着开阔的胸襟；永远以大格局的思考，在关怀着历史的价值，大地的变迁，苍生的命运。搦柔翰之管，上下古今，教我们看见"人间风华"，也教我们细细"品读生命"。

本书卷一"人间风华"分为智慧、至情、治道、奇迹四篇，皆以展现人生的哲理为主，用了解过去来解释现代；运用哲人的智慧，理解长青的至情；以一句话或一个故事来帮助现代人解惑反思，大至国家，小至个人皆可以修身养性来克服困难面对挑战。文章虽小块，但言之成理，对人生价值，待人处世都有很大的帮助。

"治道"是一种"奇迹"，"奇迹"也可以是一种"治道"，因奇迹非不可为而为，而是一种心念；"治道"非不可求而得，也是一种心念；只要心念不枯，触目都是奇迹，而触处也会尽成关怀，关系着万民百姓生活的国家大政，岂可不慎。

中国有五千年的历史，而人们至今仍怀念着"汉唐盛世"，只为百姓能稍稍免于流离，得以安居乐业，土地得以生养，文化得以丰润，如此而已。然而这是"奇迹"呢，还是"治道"有方呢？都是也都不是，是人为的因素。

大家都知道唐代没有魏徵，就没有"贞观之治"。魏徵谏言，从不畏惧。他的胆识和卓见，为"贞观之治"作出了不可磨灭的贡献。魏徵病逝时，太宗亲临痛哭，并罢朝举哀五日，后来太宗临朝时流着泪对群臣说："以铜为镜，可以正衣冠。以古为镜，可以知兴替。以人为镜，可以明得失。朕当常保此三镜，以防己过。今魏徵殂逝，朕亡一镜矣！"魏徵的勇气与智慧，唐太宗的肚量与胸襟，一谏一听之间，传成君臣的佳话，也成就了有唐一代的丰盛。

"人间风华"散为诸篇，合之成镜，读之足以映照人心之清浊，警惕日渐沦丧之世风。

本书卷二"品读生命"则是从《经典》杂志所报导的大事或出版的书籍中，把文章浓缩发挥。从《永不凋零的情义》开始，一路带领着读者深入古往今来那些用"情义"灌溉生命，用行动铸造历史的崇高心灵，人物远至玄奘大师的西域行、鉴真和尚的东行记，近至中国少数民族的纪实；空间远至须弥山以东、香格里拉以西，近至台湾本土，这四百年来的历史沧桑；物种大至已然绝迹的恐龙，小至"我们姓台湾"的特有原生种，林林总总包罗万象却不繁杂，文字精简却值得深思，虽尚未窥得全书之貌，然借此却已能得个中三昧。如果读者愿意跟随着这一卷的导读，而深入其书，则最起码的文化素养应可足矣！

个人从美国回台湾十二年多，有幸与王端正先生一起在慈济共事，深深为他那"傲气不可有，傲骨不可无""为人之所不能为""言人之所不敢言"的处世理念与风范所折服。

可惜个人的文采有限,无法完全表达对《生命的风华》这本书的喜爱与推崇;正如"神"在英文里称为"GOD",但正统的犹太人写"神"这个字却省略掉"O",只用"G-D",原因是他们认为:"人们所能够说出来的总是比事实的真相来得少。""O"省略掉的只是象征着他们所使用的那个字无法把全部的真理都传达出来。文字无法包含全部的真理,英文字母的"O"或数学上的"O"都象征着零、完美、全部或整体,就像证严上人常常说的"真空妙有,妙有真空"一样。

《生命的风华》题材丰富、内涵博大,道理却浅白易懂,个人的叙述只窥见全书风貌之一二,希望不会减损本书的风华于万分之一。

（本文作者时为慈济大学校长）

**自序**

# 生命因理想而燃烧

王端正

　　看不见时间是我们的悲剧所在，因为看不见，我们不知道它到底有多少；因为看不见，它变少了也引不起我们的关注。加上时间是天帝赐予的，我们没有为了拥有它而艰辛付出，所以即使发现它消逝了，我们也不痛惜。

　　西方哲学家警觉到生命的无常和时间的易逝，做了上述的警语与精辟的剖析，目的无非要我们把握时间，活在当下。

　　面对来无影、去无踪的时间，只有当我们红颜老去、英雄鬓白的时候，才警觉到时间如流水，逝者如斯，不能刹那停住。

　　几次物换星移，多少人事代谢，世局变化诡谲，血泪笑声交替，多少人祸天灾，多少英雄挽歌，多少悲伤叹息，多少人散人聚，都在日子里蓦然成为历史的灰烬了。"多少六朝兴废事，都付渔樵笑谈"，虽然名利淘尽了英雄，时间埋葬了记忆，但生命仍然生生不息，人类仍然在动乱中，带着对未来的憧憬，展现了永不止息的生命力。

　　《生命的风华》继《生命的承诺》之后又要出版了，就在本书即将出版，"天下文化"沈维君小姐紧迫催讨本书自序之际，我还是先作了一趟新疆之行。在新疆的喀什地区，有幸能下乡到距离喀什市一百多公里之遥的伽师县偏远村落,亲自贴近当地维吾尔族居民的生活,从他们的身上,我听到了生命悸动的声音,也领悟了什么叫做朴质的生活,什么叫做丰厚的生命。

在那里,不管物质有无,不论家里贫富,他们永远笑得那样开朗,待人永远那样健康。他们用歌声排遣寂寞,用舞蹈发泄不平,用真诚铺排情绪,用热情拥抱生命。"生活",在那里变得既简单又缤纷,生命在那里变得既谦卑又坚韧。忽然我发现:这不就是生命所展现出来的绝世风华吗?

对每一个生命,尤其对人类的生命来说,内心的喜怒哀乐,贯穿了外在的整个生活,它编导了生活中的每一个细节,每一个动作。而生活中的每一个细节、每一个动作又是生命中的一个浪花、一个片断、一个涟漪,都是人性中最真实,最有价值,却又最容易被疏忽的转折点。而我们每个人的一生中,有着无数的转折点,它们又构成生命的整体画面,生命的美丑都在这幅画面上呈现。

因此,"生命风华"的展现无非在于是否懂得贴近生活,是否懂得铺排情感,是否懂得深入思想。只有当生活简朴了,情感丰厚了,思想深邃了,生命的风华才能光鲜夺目,人生的价值才能出色绝伦。

本书是由一些短文和一些书序编辑而成。短文是随感随写,书序是应各书作者之邀所写的对该书的读后心得与推介。或许这些都是生活中的一个一个小点,但每个小点都是从生活与生命中淬炼出来的。站在作者的立场,虽然不期待读者能够赞赏,但也非常期望读者能够喜欢。

一位哲学家曾经这样说:

> 让太阳像太阳那样升起;让星星像星星那样闪烁;让树像树那样成长;让人像人那样生活,这就是最人性的方式。"最人性的

方式",就是对生命和对万物最尊重的方式。

世界之所以能够多彩缤纷,文化之所以能够多元并存,家庭之所以能够和谐美满,社会之所以能够祥和有序,不都是在于"尊重"两字吗?只有能做到"尊重"两个字,生命才会变得有价值,生活才会变得有意义,人类才能真正免于恐惧。

有人说:"人生的目的只有两个:第一得到你想要的;第二享受你已得到的。但遗憾的是:在现实生活中,只有很少人做好第二点。"这位哲人说得一点都不错,因为有太多的人只懂得追求想要的,不懂得享受已经拥有的,所以生活才变得倾斜与不安,生命才变得残酷与浅薄。

这个世界或许应该多一点爱,少一点恨;多一点宽容,少一点斗争;多一点关怀,少一点冷漠;多一点尊重,少一点自我。能这样,生命才会变得丰厚,生活才会变得多姿,人生才有精彩可言。"无涯的时空因生命而存在,有限的生命因理想而燃烧",本书的每一篇文章就是依循这项思想主轴贯穿,不管是前人的智慧,不论是生活启发,都希望存在着生命的无限风华。

最后要感谢"天下文化"与"静思文化"愿意共同出版本书,也要感谢"天下文化"沈维君小姐的用心编辑,感恩复旦大学出版社愿意在大陆出版简体字版,当然更要感恩读者的阅读与支持,这都是鼓舞作者持续写作的最大动力,在此一并感恩。

# 目　录

序　看见人间风华　方菊雄 / 2
自序　生命因理想而燃烧 / 5

## 人间风华

### 智慧

重复 / 16　　　　　祥瑞 / 18
智慧 / 20　　　　　嘲讽 / 22
击破 / 25　　　　　娱乐 / 26
随便 / 27　　　　　戏中戏 / 28
珍中珍 / 29　　　　巨灵 / 31
理性 / 33

### 至情

至情 / 36　　　　　豪气 / 37
望乡 / 38　　　　　沾恋 / 39

知己 / 40　　　　　　奸雄 / 41

孤寂 / 43　　　　　　生命与爱 / 45

享受 / 47　　　　　　情义世界 / 50

## 治道

人祸 / 56　　　　　　过客？ / 57

戒杀 / 58　　　　　　盲点 / 60

墓志铭 / 61　　　　　颠覆 / 62

科学 / 64　　　　　　舞台 / 66

治道 / 68　　　　　　无知 / 71

一身傲骨的贯休 / 75

## 奇迹

无常 / 80　　　　　　赏画 / 82

赏竹 / 84　　　　　　奇迹 / 86

神通 / 88　　　　　　虚幻的仇人 / 90

都是面子惹的祸 / 92　　笑傲江湖寄此生 / 95
抉择 / 99　　SARS 的醒悟 / 103
医病 / 107

品读生命

永不凋零的情义 / 114
忍让笙笛成绝响？/ 117
神秘的雪域，歌样的民族 / 120
策马西域古道，再履玄奘足迹 / 123
台湾特有种的艳丽与风华 / 128
群龙狂啸的年代 / 131
吟唱这片在风中摇荡的绿叶 / 134
风流消尽，空留追忆的长江三峡 / 137
用心走进现实，用情贴近自然 / 142
一章尚未休止的悲壮史诗 / 146

站在浪头上远眺——认识"南岛语族"的千古传奇 / 152

蓝蓝的海洋，白白的云 / 155

欲将新绿拭卿泪 / 157

进也好，退也好 / 161

不执不泥 / 166

平淡最甜 / 171

老渔翁 / 175

# 卷一 人间风华

# 生命的风华

智慧。

# 重　复

绝大多数的人都会承认"重复"的行为是单调的，也是无聊的。

尽管人们都厌恶做"重复"的事，但多少重复的事让人们得了利，受了益。

一位观察入微的作家说："每次当我看到小婴儿坐在手推车里，沿着人行道前进，他们双眼乌溜溜地转动，看着从眼前而过的世界时，我就像看到一位新生的哥伦布，他要去发现新大陆。"

不错，小婴儿时时刻刻都在发现新大陆，但他的发现，就是从一次又一次的重复中得来。

只要留心，我们会发觉幼儿对"重复"有着相当大的喜爱。他们重复地发出相同的声音；重复地拿起玩具，又摔了玩具；重复地摆身与挥手；重复地跟您使眼色、做表情。他们在每次的重复中，都会有不同的新发现，也都会有不同的新乐趣。对他们来说，每一次的重复都是一次旧的结束与另一次新的开始。

所以，千万别说"重复"毫无意义；相反的，每一次重复都有它既新且深的意义。否则"饥来吃饭困来眠，夏去秋来冬又春"又有什么意义？

也千万别说"重复"既单调且无聊。君不见情人的娇态看她千遍也不厌；爱人的软语听它万声也不倦。只因每次的见，都有他的情；每次的听，都有他的爱。"重复"不就是滚滚红尘中，情义人生的一部分吗？

当然，更千万别说"重复"毫无价值。石磨不是不断重复转动，才能把麦磨成粉吗？棒球选手不是每天反复挥棒，才能在比赛中棒棒不落空吗？篮球选手不是每天不断重复跳跃投篮，才能在场中奔驰，球球出手中网吗？打铁工人不是每天反复锤击，才能将钝铁化为利剑吗？发条不是一遍又一遍旋转才能上紧吗？螺丝不是不停地转动才能闩牢吗？这就是反复则深的道理。反复则深，价值就在其中。所谓滴水穿石，所谓铁杵成针，不也都是一次又一次，一回又一回，日积月累，刹那反复的成就吗？

春去秋来，花开花谢，日出日落，月圆月缺，千百年来不断地重复进行着。多少次的因果循环，多少回的生死轮回，只要能欣赏它的诗情与画意，品味它的意义与乐趣，体悟它的短暂与永恒，谁又在乎它的重复与单调！

# 祥　瑞

　　　　有僧问金陵报恩院清护禅师："诸佛出世，天花乱坠。和尚出世，有何祥瑞？"
　　　　清护禅师说："昨日新雷发，今朝细雨飞。"
　　　　又问："如何是诸佛玄旨？"
　　　　禅师回答："草鞋木履。"

　　在中国千百年的封建社会里，帝王将相与旷世伟人，总会有意或无意地被神化或圣化。而神化或圣化的第一步，就是附会出生前后的各种所谓"瑞象"。

　　佛是天人导师，出世时自然不能没有瑞象，天花乱坠就是瑞象。

　　清护禅师既然是当时的高僧大德兼知名禅师，出生时自然不能没有瑞象，所以禅僧问他："和尚出世，有何祥瑞？"

　　清护禅师知道禅僧仍然著相，于是回答："昨日新雷发，今朝细雨飞。"

　　这就是瑞象，这就是禅僧所想知道的祥瑞。"万法唯心"，只要心中有瑞象，尽大地无不是瑞象。昨日春雷响了，是瑞象；今朝细雨绵绵，也是瑞象；斜阳晚照是瑞象；鸟叫蛙鸣也是瑞象。诸佛出世有瑞象，一切众生出生也有瑞象，"心、佛、众生"三无差别啊！

　　禅僧又问："什么是诸佛的玄机妙旨？"

　　清护禅师说："草鞋木履。"

诸佛的玄机妙旨，就在"草鞋木履"上？

未免太藐视诸佛的玄旨了吧！

其实，诸佛的玄机妙旨，不仅在草鞋木履上，也在海边的沙滩上；在远处的白云上；在鲜艳的花朵上；在飞舞的蝴蝶上；在农民长满厚茧的双手上；在望着怀抱中婴儿的慈母笑容上；在怒目金刚的扭曲表情上……在所有可见、可知、可感的一切事物上。

简单地说：所有存在的，诸佛的玄旨就在其中。

所以不要问："存在究竟有没有意义？"存在本身就是意义。正如西方哲学家说的："凡是存在的，都有它的意义，都有它的道理。"这个存在的意义与道理，就是诸佛要述说的玄机妙旨。

如果能有这样的体认，那么"一花一世界，一叶一如来"的玄机妙理就不难理解，对于清护禅师何以用"草鞋木履"这样莫测高深的答案，来回答禅僧所提"什么是诸佛玄旨"的问题，也就豁然开朗了。

因此，诸佛出世是一大事因缘，自有他的道理存焉；和尚出世也是一大事因缘，也自有他的道理存在；哪怕是凡夫俗子的出世也是一大事因缘，也都有他们各自的道理。

既然凡是存在，都各有其意义，都各有其一大事因缘，于是"天花乱坠"也好，"昨日新雷发，今朝细雨飞"也罢，都是一大事因缘，也都是瑞象；就像诸佛玄旨，无处不在，无时不有一样，既在"草鞋木履"上，也在"云汉星辰"中。一句话：真理遍一切处，"才有拣择"便不见了，"才有执著"便走样了。这或许是"平常心是道"的另一种诠释吧！

# 智 慧

古希腊哲学家亚里士多德曾经"想用智慧的甘泉,平息宫廷的野心;也想用哲学的力量,改造当政者的头脑",但最后他还是失败了。

这位西方的圣哲和中国故老的儒家一样,都极力倡导不偏不倚、不执两端的"中庸之道"。为了宣扬他的理念,他曾这样斩钉截铁地说:

> 失败有多种方式,但成功只能有一种方式,那就是:"不偏不倚的中庸智慧。获取这种智慧,就能保持心境淡泊;获取这种智慧,就能自主抉择,理性生活。"

亚里士多德鼓励人们不要被"尚富的暗流所吞没",要过一种理性的优良生活。这种生活,不外求于他物,知足自乐,不要物欲横流。因此,亚里士多德认为:

> 财富太多或太少,生活难免坎坷;勇武太过或不足,人生都将不幸,只有中庸之道,生活才能平安无忧。

两千多年前亚里士多德已洞悉尚富暗潮汹涌,所以不畏讥评,提出警告。今天不仅尚富思潮澎湃,崇权与媚俗的波涛也渐成巨浪,有识之士不仅担心我们的社会将被尚富的暗流所吞没,更担心我们的新世代会为崇权与媚俗的巨浪所灭顶。

诚如西方圣哲所说：

> 拥有相当财富的人，在相当程度上会被财富所拥有。

同样的道理，崇权的人会向权力靠拢，媚俗的人会和粗俗同流，人品与道德，圣洁与志节，都将一起被滚滚暗流所吞没与卷走。

"人无远虑，必有近忧。"不要嘲笑这种观点的腐朽，也不要讥讽这是杞人之忧。纨绔子弟多颓废，乱世政客多崇权，媚俗之人多庸辈。古人的智慧与前人的明训，或许还有几分道理吧！

# 嘲　讽

狂傲的人，偏爱嘲讽；嘲讽的人，偏好虚荣；虚荣的人，自命非凡；自命非凡的人，惧怕自卑。

每一个人的行为背后都有一个不欲人知的动机；每个不欲人知的动机深处，都有一段日积月累的爱恨情仇。

西方哲学家说：

> 播种思想的种子，你会收割行为；
> 播种行为的种子，你会收割习惯；
> 播种习惯的种子，你会收割个性；
> 播种个性的种子，你会收割命运。

这就是说：思想决定了行为，行为决定了习惯，习惯决定了个性，个性决定了命运。换句话说：一个人命运的好坏，源自于他个性的好坏；一个人个性的好坏，源自于他习惯的好坏；一个人习惯的好坏，源自于平常行为的好坏；一个人行为的好坏，源自于思想的好坏；而决定行为的思想，是不断受到先天与后天环境熏习的结果。

所以，思想不可能无中生有，事物不可能无因成果。长时间的熏习，累积成思想；思想驱动着行为；行为牵引成习惯；习惯形成了个性；个性左右了命运。一个环节紧扣另一个环节，就像一条难解难断的因果链环，锁定了人的命运，也牵动了人的一生。

古希腊哲学家戴奥吉尼斯（Diogenes）一生两袖清风，但愤世嫉俗，嘲讽不断。他嘲笑时人，也嘲笑自己；他藐视权势，也鄙视财富；有时他是人群的乌鸦，有时又是社会的暮鼓晨钟。

戴奥吉尼斯喜欢用遗世独立的生活，来享受自己无拘无束的权力，他非常自豪地对别人说："亚里士多德什么时候用晚餐，得看腓力王的意思；但戴奥吉尼斯喜欢什么时候用晚餐，都能随心所欲。"

因为不求名利，所以戴奥吉尼斯也就不畏权势。亚历山大大帝是当时最有权势的人，他的军队南征北伐，攻无不克，战无不胜，人人畏惧，但戴奥吉尼斯对他仍然不假颜色。

有一次年轻的亚历山大大帝慕名拜访戴奥吉尼斯，并问他有没有什么可以为他效劳的？

"有！"戴奥吉尼斯冷冷地回答，"请你走开一点，别挡住我的阳光。"

戴奥吉尼斯像是个社会的局外人，总是用第三者的立场冷眼旁观。他声称这个世界是一个由蠢材构成的世界，里面充斥着扭曲的价值。他说：

> 人们不是拿有价值的事物去换取没价值的事物，就是反过来，拿没价值的事物去换取有价值的事物。一个神像要卖三千金币，而一夸脱的大麦面粉却只卖两三个铜币。

他常说，他不明白人们为什么总是通过打打杀杀来比高下，而不会通过德行来分出高低。他愤世嫉俗的嘲讽态度，至死不改。

在他病危的时候，两个学生问他，死后希望受到怎样的安葬。他说："把我的脸朝下埋葬。"学生的表情一脸讶异。

他解释说："马其顿人正在兴起，不久之后世界就会天翻地覆，到时我的脸就自然会回复正确的方向。"

戴奥吉尼斯冷嘲热讽，不取媚于俗，不屈服于权，是生活的白痴，还是处世的天才？是愤世的曲士，还是洞见的哲人？就留给大家深思判断了。

# 击　破

牛顿利用一个从笛卡儿那儿学来的原理,建构了微积分。那个原理就是笛卡儿所说的:

> 如果一个问题太大、太复杂的话,可将它分解为若干个小问题,然后各个击破。

牛顿可以利用这个原理,处理复杂的数学问题;我们也可以用这个原理,处理一些复杂的人事问题。复杂的数学问题可以各个击破,纠缠不清的人事问题也可以各个击破。各个击破才能化繁为简,把复杂的问题简单化。人际关系的处境之所以常会陷入死胡同,就是把简单问题复杂化的结果。

事实上,人际问题比数学问题复杂得多,所以牛顿虽然能用这个原理,解决了复杂的数学问题,却不能用这个原理,处理自身复杂的人际问题。科学领域中有巨灵,人际领域中无大师,信哉斯言!

# 娱　乐

胡适先生在《我的歧路》一文里说：

哲学是我的职业，文学是我的娱乐。

朱自清先生也套用胡适先生的调子说：

国学是我的职业，文学是我的娱乐。

他们两人的意思不外是说：职业是"不得不为"；娱乐是"为所乐为"。"不得不为"是为了养家糊口；"为所乐为"是为了排忧解忧。说得白一点，职业是为生活而工作，娱乐是为兴趣而生活。

说这话时，或许两人都有些许无奈，也或许有些许自豪，但不管如何，他们在职业方面做得可圈可点，在娱乐方面也做得有声有色，就是不知聪明的你，职业如何，娱乐又如何？

# 随 便

一代"草圣"于右任,名气很大,脾气却很小,遇有别人求字,从来没有架子,来者不拒。

据说一次,于右任在家中宴客,酒后作书分赠宾客。有一客人已得一幅,还要再求一幅,于右任不喜欢他贪得无厌,但又不好拒绝,于是信笔在纸上写了"不可随处小便"六字,弄得这位客人,受之无用,却之不恭,场面非常尴尬。

当时,有"三原才子"之称的"监察院"秘书长王陆一在旁,立刻上前解围。把客人拉到一旁说:"您可以把这六个字拆开来,装裱成这样一句格言:'小处不可随便。'"

"不可随处小便"一句难登大雅之堂的话,摇身一变为"小处不可随便"的警世箴言,王陆一的巧思,真是神来之作,天衣无缝,连于右任先生见了也拍案叫绝,传为佳话。

# 戏中戏

演悲欢离合，当代岂无戏中戏？
观抑扬褒贬，座中常有戏中人。

这是古代戏台的对联，台上的悲欢离合正上演，台下的爱恨情仇闹翻天；台上的戏码如火如荼，热闹非凡，台下的戏码方兴未艾，绝无冷场。"你方唱罢我登场，反认他乡是故乡"，谁敢说我们不是戏中人，谁又敢说人生不是一场戏中戏？

俯仰皆身鉴，对影莫言身外身；
乾坤一戏台，请君更看戏中戏。

看戏要多留些想象，才能体会"三五人可作千军万马"的奥妙；处事不妨多留些雅量，才能欣赏"六七步走遍四海九州"的表演。

乾坤一戏台，请君更看戏中戏；人间一面镜，对影莫言身外身。想看镜中人笑靥，必先自己脸灿烂。人生如戏，戏如人生，留些幽默，多点涵容，就能秉烛笑谈戏中秘，也才能把茗欣赏影中人。

# 珍中珍

在美国,海伦·凯勒几乎是家喻户晓的人物,她克服失明的障碍,而得到漫长一生的成功。她深受眼翳的痛,却常惊讶于明眼人对亲眼目睹的事物视若无睹。

她曾讲了这么一则故事:

> 一位朋友来看我,他刚从丛林中散步回来。我问他看见些什么,他说没有什么特别的东西。
>
> 要不是我早已习惯了这样的回答,我会大吃一惊。
>
> 我终于领会到了这样一个道理,明眼人往往视若无睹于他们亲眼所见的。
>
> 我多么渴望看看这世上的一切,让我亲眼目睹一下该有多好。奇怪的是明眼人对这一切却如此淡漠,那点缀世界的五彩缤纷和千姿百态,在他们看来是那么的平庸。

于是海伦·凯勒得出一个结论:"也许人就是这样,对于自己已经拥有的东西不知道欣赏;对于尚未拥有的东西,又一味追求。"

是的,如果让每一个人在一生中的某个阶段,瞎上几天,聋上几日,该有多好。黑暗将使他们更加珍惜光明,寂静将教会他们享受喧哗。人不都是这样吗?"健康的时候,不知道生命的可贵;失去的时候,才知道拥有的幸福。"每个人都已拥有整个世界了，就看我们能不能去珍惜、去把握它。能珍惜、能把握，才算是真正的拥有，才是珍中之珍，否则得陇望蜀，得一想百，一切都是虚幻。

# 巨　灵

发现"万有引力"定律的英国最伟大科学家牛顿,在自评成就时,说出了这段脍炙人口的名言:

我之所以比别人看得远,是因为我站在许多巨人的肩膀上。

美国理论物理学家,也是诺贝尔物理奖得主葛曼(Murray Gell-Mann)则套用牛顿的名言说:

我之所以比别人看得远,是因为我站在一群侏儒的中间。

比较这两位科学家,牛顿才气逼人,而葛曼则豪气干云。但牛顿如果在才气中带些做人应有的谦逊,就会更为可亲;葛曼如果在豪气中稍含做人应有的敦厚,就会更为可敬。

无疑的,牛顿与葛曼都是科学领域的巨人,但牛顿一生未能与金钱和名利脱钩,所以赫胥黎(Aldous Huxley)谈到牛顿时才会说:

作为一个人,他是失败的;作为一个巨灵,他是无与伦比的。

而葛曼则未能与宽容、耐心结合,所以当葛曼在批评通俗科学家

与新闻记者,语带刻薄,毫不留情地说他们都是一群"无知小丑"及"可怕品种"时,我们对他的狂妄与无礼就不会感到意外了。

世界上有许多成功的人,都会说他的成功是靠自己,其实,凡是登峰造极的人,除了靠自己之外,都曾经受过别人或多或少的帮助与恩惠。

牛顿也好,葛曼也罢,他们在物理学上的成就固然毋庸置疑,但无论如何,他们都是站在前人的既有成就上整装出发。而在通往成功的道路上,他们虽然风尘仆仆,夙夜匪懈,但一路上受许许多多人的鼓励与帮助,应该不胜枚举。

一将功成万骨枯,万人的前仆后继,成就了一代巨灵,正如巍峨的金字塔,是由无数块石头与人力的累积一样,不管站在巨人的肩膀上,或站在一群侏儒的中间,一个人之所以能够登峰造极,绝非靠自己一个人的力量。感恩的情怀,才是一个人的魅力所在,缺少感恩的心,巨人也会变成侏儒,巨灵终究会幻灭!

# 理 性

这是一个既冷漠又激情的时代,也是一个既条理又紊乱的时代,在这样的时代,我们不知道要赞美理性好呢,还是贬损理性好?有人说:"理性"是使人类愈来愈冷漠的根源;是人与人之间,人与自然之间愈来愈疏离的罪魁祸首。

我们不知道说这话的人是否合乎理性,但从现实社会的表象看,"一个人愈理性,与别人的关系就愈冷漠;一群人愈理性,群体与群体之间的关系就愈疏离。"这似乎是人人可以感觉到的事实。

说来也相当荒谬,理性折磨了人的一生,人的一生又不断创造理性,理性愈来愈大,人性愈来愈小,原本诗样的人生就愈来愈僵化,愈来愈乏味。现代的人,几乎没有哪一个不强调"理性",似乎"理性"就是人类美德的全部。其实,过分执著"理性",就是不理性;过分强调"理性",就是藐视理性。

俗话说:"公说公有理,婆说婆有理。"在这里,公说的理,不是婆的理;婆说的理,不是公的理,于是理就不是理,有理就是无理。所以,理性的被贬损,是缘于理性的被滥用;理性的被神化,是缘于理性的被扭曲。

科学家所说的自然法则,其实就是一个大理性。"自然法则"的特质就是无所不在,也无时不在,所以无须强调,也无法压抑;不必护卫,也不容曲解。违反自然法则的,就是违反了真理;违背真理的,就是违背理性。而这时，这个理性，就不是一般人常挂嘴上并且自以为是的理性了。所以，理性被过分强调了，真理就被扭曲了；理性被过分滥用了，人性就被埋没了。

至情。

# 至 情

曾任国民政府主席的林森先生,或许在一般人的眼中没有赫赫之名,亦无赫赫之功,但他的俭朴淡泊与侠骨柔肠却让人津津乐道。

林森的宁静淡泊,完全出于自然;不像有些人是装出来的,人前一套,人后又一套。这从他的《庐山纪胜》诗中,可以窥知一二:

闲来垂钓柳荫边,好趁斜阳雨后天。
碧草重重鱼队队,清风拂拂水涓涓。
静看濠濮生机活,默念尼山道力坚。
一曲渔歌一篇咏,归来省我也如仙。

身处乱世,人家争权夺利,他则淡泊无争。只因无争,所以能成其国民政府主席之位。

除了宁静淡泊的特质外,林森先生还是个侠骨柔肠的汉子。据说对日抗战之前,林森曾到广西一带巡视,随身携带的手提箱,他须臾不离,有人猜测里头是机密文件,但据他的属下说,里面装的是他表妹的遗骨。

他与表妹青梅竹马,却得不到女方父母的玉成,表妹遂为他殉情,林森悲痛欲绝,从此发誓不婚,并随身携带表妹遗骨。铁汉柔情,人间至性,让人动容。

# 豪 气

廖仲恺与何香凝是革命的同志兼感情的伴侣,是情义的战友兼亲密的夫妻,那时候的革命党人,热血沸腾,为革命不惜牺牲。

一九〇九年初,当廖仲恺奉命赴天津从事革命活动时,何香凝题诗相送,为国为民的豪气跃然纸上:

> 国仇未复心难死,忍作寻常泣别声。
> 劝君莫惜头颅贵,留取中华史上名。

一九二二年夏天,廖仲恺遭陈炯明逮捕囚禁,面临死亡威胁时,他也写了两首《留诀内子》七言诗,其一:

> 后事凭君独任劳,莫教辜负女中豪;
> 我身虽去灵明在,胜似屠门握杀刀。

其二:

> 生无足羡死奚悲,宇宙循环活杀机;
> 四十五年尘劫苦,好从解脱悟前非。

那种气壮山河、义无反顾的悲壮气概,令人动容。

# 望 乡

于右任晚年思乡情切,常念故旧亲人,在日记上,他曾写下这样的愿望:"我百年后,愿葬于玉山或阿里山树木多的高处,可以时时望大陆。"

并写下一首赚人眼泪的悲歌《望大陆》:

葬我于高山之上兮,望我大陆,
大陆不可见兮,只有痛哭!
葬我于高山之上兮,望我故乡,
故乡不可见兮,永不能忘!
天苍苍,野茫茫,
山之上,国有殇!

"少小离家老大回",已够悲怆的了;家乡近在眼前,而又老大不能回,那种心里的凄凉,又有谁能够理解?"山之上,国有殇!"确也令人断肠。

现在老大能回了,家乡能见了,但多少人近乡情更怯,多少人见面肠更断!人生聚散,世事无常,争战的荒唐,历史的创伤,让人无处话凄凉。这难道真是"别时容易见时难"?

# 沾　恋

万分不舍从恋起,百般无奈因贪欲。贪与恋,是吹皱一池春水的罪魁祸首,是惹起红尘万丈波的渊薮。

明代吕坤《呻吟语》说得好:

不怕来浓艳,只怕去沾恋。

又说:

胸中只摆脱一恋字,便十分爽净,十分自在。

人生最苦处,只是此心沾泥带水,明是知得,不能割断耳。

数年前,日本曾刮起一阵"清贫思想"风,倡导以清贫养廉,以无贪养志,以无恋去欲,以无求无瞋,让人生反璞,让生命归真,找回爽净自在的生活态度与方式,确也引起广泛回响。

"爽净自在"不易,端看能不能摆脱一个"恋"字。不沾泥带水不难,端看能不能断然当下割舍。恋恋风尘,无涯无际,能够挥挥衣袖,不带走一片云彩;能够傲然长歌,阔步昂首,不谋生前利,不记后世名的,算他英雄好汉!

# 知　己

我们无法借助一本书去了解一个人,所以千万不要以为熟读一本心理学教科书,就可以看透芸芸众生。

没有一个人可以进入我们的内心世界,除非我们愿意敞开自己的心扉。我们有权利选择让谁走进自己的心灵深处,但没有权利期望每一个人都能了解我们灵魂深处的心地风光。

我们常常自作聪明,自以为是某某人的知心朋友。殊不知,我们不但不是别人的知己,甚至都不是自己的知音。我们不但没有走进别人的内心世界,连自己的心灵世界都没有往前踏进一步。

不要感叹"相识满天下,知心无几人"!既然我们从来就没有开放过自己的心灵,又哪来满天下的知心友人?经验告诉我们:要注入甘露,必先打开瓶盖;要获得阳光,必先拉开窗帘。我们不能期望在密闭的房间,能有对流的新鲜空气;也不能期望紧闭着门扉,能常有知心的朋友造访。

西方谚语说:"想要煎一个蛋吃,就必须先要打破蛋壳。"

我们也要模仿那种语气说:"想要获得诚挚的友谊,就必须先要撤除心灵的藩篱。"我们确实有权选择让谁走入我们的心灵世界,但我们不能永远把心扉紧紧关闭,这世界是如此色彩缤纷、热闹非凡,又何苦自闭心扉,忍受那让人寂寞的孤寒?

# 奸　雄

《三国演义》早已把曹操画上了"奸雄"的脸谱，影响所及，主控了千百年来中国人对曹操的评价与印象。

后世学者虽有不少人企图为曹操的"奸雄"罪名翻案，想重塑曹操的良好形象，但因《三国演义》的情节丝丝入扣，描写人物栩栩如生，教忠教孝，深入人心，有情有义的人性描述感人肺腑，对曹操"宁可我负天下人，不容天下人负我"的奸雄嘴脸，刻画得入木三分，再多平反的言论，始终难敌贬多褒少的主流观点。

例如孙盛在《异同杂语》中，引《三国志》记载了曹操问许劭的一段话，相当可以代表一般人对曹操的评价。

太祖（曹操）尝问许子将："我何如人？"
子将不答。
固问之，子将曰："子治世之能臣，乱世之奸雄。"
太祖大笑。

"治世之能臣"是对曹操的恭维，"乱世之奸雄"是对曹操之批判，这句话应该是褒贬参半。其实"治世之能臣"固然是褒赞之词，而"乱世之奸雄"看似贬抑，实亦褒扬，故曹操听后才会开怀大笑。

许子将算是聪明人，他把曹操定位于"雄"字辈，就是他的聪明处。

"雄"者也，用现代的话来说就是"强人"，也就是强人一等的人。不论是"能臣"，或是"奸雄"，曹操的才能确是强人一等，早被定论，毋庸置疑。其实治世何需能臣，乱世哪有奸雄，乱世的奸雄即是英雄，证诸史书不都皆然吗？

英雄与奸雄，总在一念之间，只要俯仰无愧于心，进退有利于民，英雄也罢，奸雄也罢，就留待历史去评断吧！

# 孤　寂

美国博物学家威尔森（Edward O. Wilson），得知他与霍德伯勒（Bert Holldobler）合著的《蚂蚁》(*The Ant*)一书，荣获一九九一年非小说类普利策奖，并接受哈佛大学同仁们的祝贺时，不喜反忧地说：

> 哈佛同仁们，请帮我祷告吧！得到这项最高荣誉后，除了走下坡之外，我还能走到哪儿去呢？

高处不胜寒的感受，溢于言表，攀越高峰后的孤寂，有谁知道？威尔森的心绪，恐怕只有那些曾经攀越高峰的人，才能体会到那种可能接续而来的落寞吧！

中国古老的《易经》，不断反复强调"否极泰来，盛极而衰"的哲理。佛教哲学也不断诠释释迦牟尼佛两千多年前所洞察到的"生、住、异、灭"、"成、住、坏、空"的宇宙现象。世事无常，国土危脆，万物变易，片刻不住，潮起潮落，缘起缘灭，看似有太多的偶然，其实有着更多的必然。偶然靠机遇，必然靠努力，种什么因，得什么果，其间的紧密关系，屡试不爽，这就是为什么胡适先生会说"要怎么收获，先那么栽"的原因。

知道盛极而衰的道理，佐以因缘果报的正确认知，能够胸怀谦卑，夕惕若厉，心无高峰，永不停顿，或许一生之中，就峰峰相连，处处都是高峰。也由于峰峰相连，处处都是高峰，所以也就处处都不是高峰。既然没有高峰,就不会有攀登高峰后的落寞与孤寂;既然没有"盛极",就没有"而衰"的境遇,当然就不会有威尔森先生所说的"得到这项最高荣誉后,除了走下坡之外,我还能走到哪儿去"的忧虑了。

# 生命与爱

  妈妈对小孩说:"你是妈妈的生命。"
  小孩迷惑地问:"妈妈,什么是生命?"
  妈妈望着孩子,微笑地说:"生命就是爱,你是妈妈的最爱,所以你就是妈妈的生命!"
  小孩似懂非懂:"喔!那……妈妈,你也是我的生命啰!"

  对一个少不懂事的稚子,谈生命的意涵,对他来说确实太高深了。而妈妈用一个"爱"字就诠释了生命内涵的全部,也确实太高明了。
  "爱",让母子两人的距离拉近了,关系拉紧了,母子两人的生命,在"爱"的交会下熠熠发光了,生命的价值也在爱的承诺下无限增值了。
  生命是由生到死的全部历程。孔子说:"不知生,焉知死。"意思就是在告诫我们:不要在意人死后何去何从,而应知道人生在世何价何义。如果我们既不知"生"是怎么回事,也不知"死"是怎么回事,又哪里能够知道"生"与"死"之间那段生命历程的真正意涵呢?
  "生命",其实包含两个概念:一是外显的存活现象;一是内敛的存活品质。
  外显的存活现象就是生;内敛的存活品质就是命。
  生的基础在身,也就是生理层面;命的关键在心,也就是精神层面,身与心构成了生命的本体,身心兼具,才是完整的生命。尤其心的正负趋向,更左右了生命品质的良莠。严格来说,良好而清澄的生命品质，才算是真正有意义的生命；莠劣而混浊的生命品质，生命就会有很大的瑕疵与缺陷。所谓"哀莫大于心死"，心死了，生命就完全失去意义与价值了，这样的生命再也不是我们所要的生命了。

当妈妈向孩子说："你是妈妈的生命。"这时，妈妈心中充满了爱，爱占满了整个心，于是整个生命就是爱，爱就是整个生命，爱与生命已合而为一，浑为一体了。如果把爱从生命中硬生生地抽离开来，生命的内涵再也不丰盈，生命的花朵再也不艳丽、不芬芳，不具吸引力了。这样的生命就像草木，未绿先凋，毫无生气可言；也像花朵，未开先谢，毫无美感可说。

是"爱"滋润了整个生命，是"爱"使生命变得更苍翠、更富朝气、更具喜悦、更有活力。所以，那位妈妈讲得没有错，"爱就是生命，生命就是爱"，当一个人排斥爱的时候，他就是排斥生命；当一个人喜欢爱的时候，他就是喜欢生命；当一个人害怕爱的时候，他就是害怕生命；当一个人不再有爱的时候，他就不再有完整的生命。

"爱"的本质就是关怀；"爱"的目的就是分享与分担，也就是要和别人分享生命的喜悦与分担别人生命的忧苦。经由对生命的关怀、对喜悦的分享与对忧苦的分担，我们可以发现生命的视野更开阔了，生命的韵味更深邃了，生命的过程更动人了。

《吕氏春秋》云："今兹美禾，来兹美麦。"不管是这一季美好的稻禾，还是下一季美好的麦稷，都要用"爱"来播种与滋润。"爱"是大自然生生不息的法则，大自然用爱哺育万物生灵，也用爱抚慰天下苍生。一旦大自然的爱消失了，天地生灵也必然灰飞烟灭了。

所以，每个人都需要爱的滋养与潜修。接受爱的滋养，我们的生命才会更丰厚，对爱进行潜修，我们的生命才会更焕发。我们应该用"爱"，和大自然打成一片；用对"爱"的潜修，和宇宙言归于好。个体的生命是短暂的，宇宙的生命是永恒的，只有爱才是通向宇宙深处、无往不利的护照，也只有爱才能将生存的一瞬，化为生命的永恒。

# 享　受

　　婴儿躺在母亲的怀里甜甜地睡着,那样地安详,那样地无邪,偶尔嘴角还会有意无意地动了动,泛起一波微笑的涟漪,似乎在诉说着一种满足感,一种躺在母爱中的安全与幸福,对婴儿来说这是一种享受。

　　母亲抱着婴儿,端视着婴儿安详的睡容,脸上出现一种无比的慈爱与安慰,这时,对母亲来说也是一种享受。

　　农夫在烈日下挥汗耕耘,苦则苦矣,但是那种精神专注,心无旁骛,与泥土为伍,与稻禾为友的神态,令人动容。他们眼见稻禾翠意盎然,感受几只鹭鸶远处相伴,清风徐来,树影摇曳,农夫脸上虽然布满了汗珠,然而一种满足的感觉油然而生,对农夫来说,这也是一种享受。

　　政客在讲台上,言词犀利,时而握拳,时而舒掌,时而扬眉,时而闭目,时而娓娓道来,时而高声疾呼,台上一呼,台下百诺,掌声呐喊声,打成一片,此其时也,政客沉醉在一片欢呼声中,兴奋莫名,这对喜欢群众哄抬的政客来说,确是一种享受。

　　庙口旁,榕树下,三五老人,或楚河汉界,借棋用兵;或臧否人物,纵谈风月。"古今多少事,都在笑谈中",这对饱受风霜历练的老人来说,又是一番难得的享受。

　　人生是苦,但苦中犹能作乐,方算本事。用享受的心情享受人生,短暂的一生,才不会空过。享受,绝对不是有钱人的专利,有钱的人可以享受富有；没有钱的人，可以享受自由。古人说："人知名位为乐，不知无名无位之乐最乐。"有名有位的人，可以享受名位的荣耀与快感；无名无位的人，不受名牵，不被利锁，可以享受自由与自在的快乐。

> 暑往寒来春复秋，夕阳西下水东流；
> 将军战马今何在，野草闲花满地愁。

这四句诗，据说是秦王苻坚墓碑上的感言。诗中涵义，无非慨叹往古之兴亡，感伤人生之奄忽。郑板桥认为世人总在慨叹过日子，在感伤中度一生，是一种人生的浪费，是对生命的扭曲，所以他作《道情》十首，目的就是要"踢倒乾坤，掀翻世界，唤醒痴聋，打破春梦"。他要还人生以本来面目，给生命以喜乐内涵。

> 老渔翁，一钓竿，靠山崖，傍水湾，扁舟来往无牵绊。
> 沙鸥点点轻波远，荻港萧萧白昼寒，高歌一曲斜阳晚。
> 一霎时，波摇金影；蓦抬头，月上东山。

这是渔翁之乐，他乐山，他乐水，他乐沙鸥，他乐远波，他乐昼寒，他乐霞晚。他能高歌一阕，只因心无牵绊，他一根钓竿，抛却世间名利，钓回一身逍遥，此渔翁之乐，又有多少人能享受？

> 老樵夫，自砍柴，捆青松，夹绿槐；茫茫野草秋山外。
> 丰碑是处成荒冢，华表千寻卧碧苔，坟前石马磨刀坏。
> 倒不如闲钱沽酒，醉醺醺，山径归来。

这是樵夫之乐，野草秋山，丰碑荒冢，华表碧苔，坟前石马，飞燕穿堂，往事如麻，一概放过。他自砍柴，自捆松，闲钱沽酒，山径归来，管他三国赤壁，管他宦海波涛，晨闻鸡声起，暮披霞彩归，帝力何有？名利何在？这是老樵夫对生命的礼赞，对生活的告白。

> 春日才看杨柳绿，秋风又见菊花黄，
> 红尘滚滚本无常，为谁辛苦为谁忙。
> 荣华总是三更梦，富贵还同九月霜，
> 白发渔樵江渚上，千古兴亡付笑谈。

风也好，雨也好；顺也罢，逆也罢，贪婪最苦，知足最乐。有满足之心，才会有幸福之感，"荣华总是三更梦，富贵还同九月霜"，当黄粱梦醒了，荣华富贵又在哪里呢？只要有一分淡泊，二分自在，三分觉醒，管他兴也好，衰也罢，都可以逆顺从容。何况幸福就是一种享受的情怀，有享受的情怀，才会感受到"千古兴亡付笑谈"的豁达与幸福。

# 情义世界

人的一生难免要谈情说爱，没有情爱的人生就像沙漠地带，找不出丰富的色彩；即使再活跃的生命，也会光芒不再。情爱是甜美，也是痛苦；是春风，也是冬雪；是碧蓝的涧水，也是混浊的溪流；像极了一杯放了糖的咖啡，苦中带甜；也像极了一杯上好的茗茶，甘中含苦。

文人喜欢谈情说爱，因为他们妙笔生花，能够歌咏情爱的美，也能够赞颂情爱涟漪中那份入口难忘的涩。

年轻朋友更喜欢谈情说爱，尽管他们还在情爱的墙外，但已对情爱产生了浪漫的憧憬。他们往往只看到可望不可即的情爱光芒，却没有看到光芒之前的崎岖与黑暗。

市井小民也喜欢谈情说爱，他们谈起情爱来，没有文人的含蓄，却有文人的痴情；没有年轻人的梦幻，却有年轻人的傻劲。他们敢爱敢恨，甚至轰轰烈烈，震古烁今。

"问世间情是何物，直教人生死相许。"这是世间痴情男女的呐喊，一字一叹，道尽情爱路上的艰辛与执著。"情"就像上苍撒下的天罗地网，任神通广大的人，也要被笼罩网中；任你有十八般高强武艺，也难以获得"网"外开恩。

世间痴情男女不少，但真正了解"情"意的不多。"不在乎天长地久，只在乎曾经拥有"成为痴情男女的经典名句，话中所要表达的就是"拥有"两个字。但只要"拥有"的念头一出，烦恼往往就跟随而来。说这句话的人看似洒脱自在，其实正显烦恼心乱；看似飘逸情外，其实已深陷情中。

情器世间，恋恋红尘，"情爱"是最自然不过的事。娑婆世界的凡夫俗子，谁能无情？谁能无爱？"有情的世界才漂亮，有爱的人生才芬芳"，情爱不是罪恶，畸情孽爱才是毒药。

有人说："英雄气短总关情，红颜肠断全为爱。"其实让英雄气短的情不是长情，让红颜断肠的爱不是真爱。真正的情爱像大地的雨露，可以让花朵更艳丽，让大地更苍翠；也像夜空的闪烁繁星，将浩渺的苍穹，点缀得更浪漫、更耀眼，更入画、更入诗。

中国文字神秘而巧妙，"情"之一字，由长"青"的"心"组合而成，造字的古圣先贤，早已告诉我们，真正的"情"是万古长"青"，永不凋零的"心"。所以真正的情，应该是在乎天长地久，不在乎一定拥有。

天长地久的情是"长情"，万古长青的爱是"大爱"，长情大爱必须以彼此关怀作养分，以相互感恩作阳光。清末禁烟名臣林则徐的女儿，素有才女之称，她生于中秋，死于中秋，极富传奇。她死时还很年轻，临终前心系丈夫和儿女，曾自撰挽联，算是遗嘱。前联是针对丈夫的，后联是写给女儿的：

> 我别良人去矣！大丈夫何患无妻？
> 若他年重结丝罗，莫对生妻谈死妇。

> 汝从严父戒哉！小妮子终当有母，
> 倘异日得蒙抚养，须知继母即亲娘。

临终依依，却无半点凄切，她所关心的是丈夫，所叮咛的是儿女。

字里行间，那种宽广的胸襟，真诚的爱与关怀，令人动容，她真是一位可敬、可爱、可亲的太太与母亲。

自古以来，大家都认为女人的情爱比较深刻，也比较细腻，君不见李清照悲悲戚戚、凄凄切切的词，与辗转缠绵的爱吗？其实男人的情，也非草木铁石，只是在他们的情爱世界里，要分出较多的心去关怀社会与国家，去热爱苍生与天下，所以在历代文豪的诗词中，我们可以轻易感受到他们忧国忧民的情绪在澎湃，较难感受他们的儿女情长在低吟。不过说到男人的情意绵绵处，也足以让人荡气回肠。

例如，民初的著名教育家黄炎培先生，和他的夫人王纠思，鹣鲽情深，互相体贴，彼此关怀，在三十年代传为杏坛佳话。一九四七年王纠思去世，黄炎培先生哀痛欲绝，终致大病一场。愈后他写了这样一首《断肠诗》，悼念亡妻王纠思：

> 月圆圆，面圆圆；我俩相旅四十年。
> 记当初，一双无父母的孤儿，是何等的可怜；
> 到如今，一群男女，两代儿孙，在我们眼前。
> 这中间，你多少辛劳，昼不得饱，夜不得眠，
> 我碌碌忙忙，无月无年。
> 百分之九十九，身系大难，而终得保安；
> 百分之九十九，病色绝望，而终得保全，
> 你头乌云，白了半边。
> 我和你回头想想，这四十年间，
> 担忧受恐了几多年？安居享福了多少天？

夫妻相扶相持，除了爱与关怀外，还有相互的感恩与彼此的尊重，黄炎培先生的悼亡妻诗，不仅表达了对黄夫人的怀念，也细说了他对

黄夫人的感恩，可说是一字一泪，让人感伤。

刻骨铭心的情爱，像醇酒一样，愈陈愈香。而谈情说爱并不只是年轻人的专利，经过岁月洗礼，尝尽人生风霜的老人，谈起情，说起爱来，会更有一番深层的滋味在心里。

梁实秋的《雅舍小品》脍炙人口，其行文之晓畅易懂，其立意之典雅流利，备受文坛推崇。他在七十一岁时，和风姿绰约、曾是港台影视红星的韩菁清女士共坠爱河，一时传为佳话，众人称之为"忘年之恋"。

梁、韩两人在感情世界里，曾有大量情书往还，其中有首《爱别杂诗》，是梁实秋前往美国途中，在飞机上特地为韩女士写的，诗的全文是：

> 爱，我愿你不要想念我，
> 你想念我，你会难过。
> 你跳舞，你唱歌，
> 我要你尽情欢乐。
> 爱，我愿你不要忘记我，
> 你忘记我，我会难过。
> 你跳舞，你唱歌，
> 你知道我在做什么？
> 不要想念我，不要忘记我，
> 这矛盾的心情教我怎样来解脱？
> 我宁愿你快乐，让我受折磨。

这种火辣辣、热腾腾的情爱，很难想象是出自一位年逾古稀老人的手笔。可见梁先生的情是那样的炽热，那样的年轻。有那样年轻的爱与情，年龄当然就不是距离了。

"情到深处无怨尤"，真情是无怨无悔的，真爱是关怀付出的。古诗云：

> 近别不改容，远别涕沾胸……
> 人生无离别，谁知恩爱重。

如果不经一番难分难舍的别离，我们又怎知当年梁实秋先生与韩菁清小姐之间那一段"恩爱重"的故事？

俗话说："少年夫妻老来伴。"夫妻携手走过青年，走过中年，走过壮年；走过新婚燕尔的浪漫，走过胼手胝足的辛酸，走过养儿育女的劬劳，其间有过鸟语花香的日子，有过波涛汹涌的岁月；有过你侬我侬的甜美，也有过怒目相视、恶言相待的低潮；这些，到了老年都成了泪水与笑声的回忆。"往事不堪回首话当年"，老年夫妻经过了无数考验，经历了悲欢离合，尝尽了辛酸苦辣，不论是否已经儿女成群，都必须相依为命。

"老来伴"的意思就是"老来好做伴"，所以偶尔我们看到老年夫妻相互扶持，步履蹒跚地携手前行，就会有无限的感动，这种白头偕老、相依相守、至死不渝的情与爱，才是真正的情爱。

有人说："情深似海，还要义重如山。"说得一点都不错，因为大海看似平静，却暗潮汹涌，澎湃的海水虽浪漫，却也惊险，总不及稳定的高山，给人一份天长地久的稳重与永恒。所以情中有义，义中有情，这样的情义世界才是有情的世界，这样的人生才是饱满的人生。

治道。

# 人　祸

公元前一世纪，希腊哲学家卢克莱修（Lucretius）百思不解地问道："为什么大自然要创造凶猛的野兽，作为人类的大敌？"那时候，人类饱受洪水猛兽的威胁，为抗拒洪水的吞噬与猛兽的侵害，人类用尽力气，把全部的精神花在为生存而奋斗。

现在我们却不禁要问："为什么大自然要创造凶猛的人类，作为天地万物的大敌？"因为人类正用史无前例的残酷手段，进行着杀戮与歼灭其他物种的暴行。

翻开报纸，打开电视，我们不断地知道有许多动物已经销声匿迹，也有许多物种正濒临灭绝；我们知道此时此刻有大量的植物正遭人类连根拔起，也有无数的动物正遭肆意杀害。

人类的野性后来居上，人类凶残的嗜杀行为，正在各地疯狂上演。人类狂妄地想征服宇宙，想臣服一切物种。为满足永无止境的贪婪与私欲，人类正企图要把自然界视为一座供应自己纵欲享乐的工厂。

谁说"人类是万物之灵"？人类残物以逞的暴行，到头来，我们会发现："人原来就是吃人的狼。"因此，我们不得不用大义灭亲的心情，义愤填膺地说："人类，你的名字叫野兽！"

人类如果不能立刻从错误中幡然悔过，向宇宙万物鞠躬道歉；如果不能检点嗜血的习性，收敛嗜杀的行为，那么下一轮濒临灭绝的物种，就会是人类自己了。

# 过 客？

哲学家与科学家不断企图为人类在自然界中找到定位，所以有关"人类在自然界的地位"问题，不断反复被讨论。

站在人类的立场，传统的主流看法是：

> 自然是人类的财产，是人类所拥有且能够支配的综合公园、动物园及自家的果菜园。

在人类传统的主流意识上，毫无疑问的，人类"占地为王"了。而在"占领"地球的大部分时间里，人类都一直是以"强势物种"的姿态，宰割着这个地球的生灵与万物。

事实上，自然果真是人类的财产吗？大自然的财产，果真可以让人类毫无节制地挥霍吗？

跳脱人类一厢情愿的立场，事实的真相恐怕是：

> 大自然是一个整体，人类是大自然的一部分，就像波浪是海洋的一部分一样，部分如何能对抗整体？人类对抗大自然，就像小波浪对抗整个海洋。

人类如果不能从大自然中学会谦卑，不能从整体中体会渺小，很快地就会成为大自然的微尘，随风飘逝；成为浩瀚宇宙的过客，灰飞烟灭。

# 戒 杀

大家都知道蔡元培先生是民国初年的大教育家,大家也都知道,他在主持北京大学校务期间,对北大学术自由风气的建构做出很大贡献;但大家可能不知道,这位人人敬仰的北大校长还是一位素食的拥护者与实践者。

蔡元培先生早在清末留学生时期,就相信李石曾所说吃肉有害的话,并开始吃素。

除了卫生与健康的理由外,他曾写信给他的朋友说:"吃素意在戒杀生。"

朋友不以为然地回信规劝他说:"植物未尝无生命,戒杀义不能立。"

蔡元培则立场坚定地说:

> 戒杀者非伦理学问题,而为感情问题。感情及于动物,故不食动物;他日若感情及于植物,则自然不食植物矣。

素食者的茹素理由万端,戒杀此其一,健康此其二,宗教信仰此其三。但不管如何,最重要的,确实是蔡元培先生所说的"感情问题"。那份"感情"就是不忍吃众生肉的慈悲之情,也就是长养慈悲的那份感受和心情。

宋朝诗人陆放翁诗云:

血肉淋漓味足珍,一般痛苦怨难伸。
设身处地扪心想,谁肯将刀割自身?

或许这就是蔡元培先生不吃众生肉,坚持一生茹素的心情吧!

# 盲　点

中国人做事有两大毛病：
一是孟子所说的："非不能也，是不为也。"
一是韩愈所说的："怠者不能修，而忌者畏人修。"
前者是自甘堕落；后者是不仅自甘堕落，还要拉别人一起堕落。
前者是自己不求上进；后者是自己不求上进，还怕别人力求上进。
前者是自己不想做；后者是不仅自己不想做，又怕别人想去做。
前者是指做事而言；后者是指做人而说。

事，虽有难易；人，虽有凡圣，但事在人为，为或不为，无关凡圣，而关乎有无决心，有无毅力，有无克服困难的勇气。天下事，十之八九非不能也，是不为也。只要愿意做，决心做，事无不成，愿无不达。中国人做事，未做先馁，是不为也，非不能也。

中国人口虽众，却是散沙一盘，原因是缺乏与人为善的雅量。懈怠的人，自己不肯修，又害怕别人修；自己不肯努力，又害怕别人努力；自己不能功成名就，又害怕别人功成名就。量小善妒，这就是社会进步的绊脚石，个人进德修业的致命伤。

# 墓志铭

美国著名作家，也是《老人与海》作者的海明威先生，为自己写下这样的墓志铭："恕我不起来了！"

而伟大的哲学家康德，临死之前要他的学生为他写下的墓志铭是："在我头上是众星的天空，在我心中是道德的法则。"

"恕我不起来了"是海明威的幽默，充分显示文学家任运旷达的本色。

"在我头上是众星的天空，在我心中是道德的法则"是康德的悲怀，充分显示哲学家智能内敛的胸襟。

古人说："盖棺而后论定。"意思是说一个人要等到结束了一生后，世人才能对他做出正确的评价。

其实有些人，棺未盖，而论定矣；有些人，则棺盖了，论却难定；但绝大部分的人，不论棺盖或未盖，都未足论。

人生苦短，一个人不管名留青史也好，和草木同朽也罢，重要的，这一生即使不能对别人负责，至少也应对自己负责。

"是日已过，命亦随减"，时间可以带走我们的生命，但不能带走我们的慧命。只有自己对自己交出满意的成绩单，我们才能心安理得地像海明威一样豁达地说："恕我不起来了！"也才能像康德一样自豪地说："在我头上是众星的天空，在我心中是道德的法则。"

# 颠　覆

爱因斯坦在一九四九年写道：

> 牛顿先生，很抱歉推翻了您的理论。不过，您的成就是您那个时代一个人的智力和创造力所能达到的巅峰。

爱因斯坦当年写下这句话的时候，可以想见他是多么的意气风发！但可别忽略了，他对牛顿的成就也给予高度的肯定与尊崇。这就是物理学大师的泱泱风范。

"江山代有才人出"，这或许是人类的宿命，也或许是历史的必然。一部人类文明发展史，不就是一部人才辈出的历史吗？我们很高兴看到爱因斯坦推翻了牛顿的理论，并说出这番豪气干云的话。当然我们也很期盼将来有人可以推翻爱因斯坦的理论，然后也这样写道：

> 爱因斯坦先生，很抱歉推翻了您的理论。不过，您的成就是您那个时代一个人的智力和创造力所能达到的巅峰。

真相是在不断拨云除雾中，逐渐显现的；真理也是在不断解惑去疑中，逐渐明朗的。爱因斯坦颠覆了牛顿的理论，让自然界的真相再去掉一层迷雾，让真理的身影又进一步清晰。但是只要真理尚未现身，迷雾尚未去除，科学家的颠覆戏码就会不断上演，人类的智力就会不断攀登，我们乐见这样的颠覆，我们也期盼这样的攀登。

但是我们不愿见到为颠覆而颠覆，犹如我们不愿意见到为反对而反对一样。为反对而反对，是牢不可破的意识形态在作祟；为颠覆而颠覆，是带有极端偏见的立场在左右，都是佛教所说的"所知障"，也就是坚持自己既有的成见，拒绝并排斥新的或不同的观念或意见，而产生再进步、再升华的障碍。

科学家如果不能打开心门，坦然面对宇宙的真理，就会走入死胡同，遑论再进步；政治家如果不能开阔胸襟，倾听民众的心声，就会陷入刚愎自用，遑论再升华。

人类历史文明是不断在重复或颠覆前人的错误中往前走，颠覆前人的错误是进步，重复前人的错误是退步。我们乐见真理愈证愈明，但我们更期待人性愈来愈善，愈来愈真。

# 科　学

曾获得一九三七年诺贝尔生理医学奖的生化学家森特·哲尔吉（Albert Szent-Gyorgyi）曾经这样形容科学：

> 去看每个人都看得见的东西；
> 去想没有人曾经想过的事情。

这句话听起来很具体，思索起来又很费劲，他的意思或许是说：科学不外是要我们去求证，去假设。

"去看每个人都看得见的东西"，就是去求证；"去想没有人曾经想过的事情"，也就是去假设。

胡适先生有一句名言："大胆假设，小心求证。"或许也可以和这位生化学家的名言相互呼应。

"大胆假设"就是"去想没有人曾经想过的事情"；"小心求证"就是"去看每个人都看得见的东西"。

"假设"是一种合理的怀疑与突破性的推论，而非不切实际的遐想或幻想。科学性的假设，除了必须要有丰富的知识与创意外，更必须要有大胆的联想与推理。哥伦布如果没有丰富的航海知识与创意，没有大胆的联想与推理，就不可能发现新大陆。

"求证"是一种先苦后甘的搜证与检验过程，除了必须细心与耐心外，更必须禁得起挫折与考验。爱迪生如果没有细心搜寻，耐心验证，如果没有经过上千次的挫折与失败，就不可能找到适合的材料做灯丝，电灯也就不可能在爱迪生的手上问世。

假设要有创意，求证要有根据；假设不妨大胆，求证定要小心。假设是一种创意目标的锁定，求证是对创意目标的追寻。假设的本质是玄思，求证的本质是务实。"人生有梦，逐梦踏实"，假设与求证都是逐梦的过程。

人世间，有人宁愿享受过程，不在乎收获。因为，在过程中，往往高潮迭起，有汗水也有泪水；有欢呼声也有叹息声，个中的苦乐，可以让人再三回味。而收获的喜悦虽然甜美，但戛然而止的怅然与顿失挑战的孤单，让人有一种独立大雄峰的怆然。

# 舞　台

不论我们是否已经准备好了，人生舞台的布幕一旦拉起，我们就必须按照自己编写的脚本粉墨登场了。

人生就像是一场自编自导自演的舞台剧。在人生舞台上，没有所谓的主角或配角，人人都是主角，人人也都是配角；只要镜头对准了谁，谁就是主角。而决定镜头对准何处的人，不是别人，还是自己。

所以人生舞台上的主角不一定是富可敌国的企业家，也不一定是权倾一时的政治人物。他可能是庸碌一生的贩夫走卒，也可能是乳臭未干的黄毛丫头；可能是戍守边防的一介武夫，也可能是日薄西山的斑白老人。

在人生舞台上，一场精彩绝伦的好戏，分分秒秒都在热热闹闹地上演着。而在千差万别的各种戏码中，剧本的内涵与人物的表现，同等重要。只要剧本精彩，人物尽职，就会是一场可圈可点的演出，一场掌声连绵千年的好戏。

所以在短暂的人生旅程中，不要埋怨英雄豪杰为什么不是自己；该埋怨的是：自己为什么不是英雄豪杰。不要埋怨上苍为什么不给自己机会；该埋怨的是：自己为什么不为自己创造机会。

江山代有才人出，自古英雄出少年。人生舞台，机会均等，没有生、旦、净、末、丑之别，亦无轻重大小之分。

自己的剧本自己编，自己的命运自己导，自己的角色自己演，没有人可以影响你的表现，除非你愿意接受别人的影响；没有人可以安排你的命运,除非你的命运愿意接受别人安排;没有人可以编写你的剧本,除非你的剧本愿意接受别人编写。

放弃自编自导自演的人,就等于放弃了整个生命舞台;放弃了整个生命舞台,就等于放弃了整个自己的人生。人生的悲欢离合与舞台上的出将入相,全都掌握在自己的手上。认真演好自己,人人都是主角;认真编写自己的剧本,自己在人生舞台上就可以迭创高潮。

舞台的幕布拉起了,舞台的布幕落下了;观众的掌声响起了,观众的掌声息静了……每个人都要步上舞台,剧情演完了,锣鼓停歇了,不管你愿意不愿意,每个人也都必须步下舞台。

而当锣声戛然而止,在我们步下舞台之前的谢幕式时,不管是否得到在场观众的起立喝彩,但尽心了,尽力了,俯仰无愧了,我们就可以像最初步上舞台时一样,恬然地步下舞台。等到曲终了,人散了,灯熄了,一切都让它随风飘逝吧!管他生前利,管他身后名。

# 治　道

这是个"错乱因果"的时代，也是个"本末倒置"的时代。

"错乱因果"是把结果当作原因，"本末倒置"是致力追逐末节而舍弃根本。

《吕氏春秋》有这样一则故事——

春秋战国时代，宋国有一位名叫惠盎的读书人，他好不容易能晋见宋康王。宋康王看见惠盎是手无缚鸡之力的文弱书生，就用一副不屑的鄙视态度对惠盎说："我喜欢勇武有力的人，不喜欢宣讲仁义、施行道德的人，你来看我不知有何见教？"

惠盎见宋康王态度傲慢，语势汹汹，却也能沉着地回答说："我有这样一种方法：即使敌人勇武无比，剑锋却刺不进您的身体；即使刺客敏捷有力，刀刃却伤不了您。不知大王对这种方法感不感兴趣？"

宋康王惊讶地望着惠盎说："真的有这种方法？这正是我所要的呀！"

惠盎又说："这还不是最高明的方法，因为敌人虽然用剑刺不进您的身体，用刀伤不到您的毫发，但您还是受到了惊吓和屈辱。我还有一种方法，即使敌人勇武，却不敢刺您；即使敌人有力，也不敢伤您。不知大王感兴趣吗？"

"好啊！这更是我所需要的！"宋康王回答。

"但是，这还不算什么。"惠盎继续说，"虽然那些人不敢刺您，也不敢伤您，但他们并不是没有刺您、伤您的想法。我还有一种方法，可以让他们连刺您、伤您的念头都没有,不知大王还感不感兴趣?"

宋康王迫不及待地回答说:"这是我最想要的。"

惠盎严肃地看着宋康王,又说:"可是这还不是最高明的方法,那些人虽然没有刺您和伤您的不良企图与想法,却没有爱您、护您、有利于您的心意。我有这样一种方法,可以让天下人都爱您、护您、有利于您,大王难道不感兴趣吗?"

"这当然是我最感兴趣的!"宋康王说。

于是,惠盎不疾不徐地说:"孔子、墨翟就是这样的人,他们虽然没有国土,但却能像君王一样得到全天下百姓的尊崇;他们虽然没有一官半职,却能得到全国官员的尊敬,五湖四海之内的所有男男女女、老老少少,不分贫富,不分贵贱,无不盼望着他们能健康平安,顺利吉祥。"

惠盎顿了一下,继续说道:"现在大王不仅拥有战车万辆,更拥有雄师百万,如果也能像孔丘、墨翟一样施行仁义,德被四方的话,全天下老百姓爱护您、拥戴您的程度,一定会胜过孔丘,超越墨翟,您的王业就会无往不利了。就是不知道您有没有像孔子那样施仁、像墨翟那样行义的志向与决心了!"

宋康王听后沉默不语,显然康王要的不是施仁行义,他要的是铠坚矛利,兵强马壮。他认为只有铠坚,才可以保护自己;只有矛利,才可以刺杀敌人;只有兵强,才可以攻城略地;只有马壮,才可以日行千里。他以为这就是强固政权、争夺霸业的根本之道。

其实他错了,他错乱了因果,倒置了本末,他错在高估霸道的力量,低估王道的影响。如果全天下的百姓都想刺杀他,再坚固的铠甲也没有办法保护他;如果全国的人民都想推翻他,再多锐利的刀枪也捍卫不了他;如果全国的军民彼此冷漠疏离,上下猜忌,再强的兵,再壮的马,也都难以保家卫国,克敌制胜。

治国之道，首在解除民瘼、安定民心，凝聚共识、团结军民。只要不求一己之利，不图一党之私，以全国之安为安，全民之利为利，不分化、不割裂、不对立、不两极，施仁行义，不急功近利，以仁义为护甲，以养德为利剑，政坛之路就会无往不利，老百姓就会得乐而安，古今为政之道不都是这样吗？

# 无 知

有许多人不是太过无知，就是太过自以为是。

太过无知，就会人云亦云，不辨是非，难知对错；太过自以为是，就会专断跋扈，不听谏言，不别善恶。两者的共同特性都是"但凭喜乐，一意孤行"。

当人类喊出"人是万物的尺度"之后，传统的礼教和法律的约束，就逐渐步下人类社会的舞台。这就是为什么地不分中西，时不分古今，每个朝代都会有人大叹"世风日下，人心不古"的原因。

既然"人是万物的尺度"，于是人人以自己的观点判断是非，以自己的标准分别对错，以自己的喜怒区分善恶，于是"只要我喜欢，有什么不可以"的生活态度出现了，法律成为障碍行为的绊脚石，道德成为一意孤行的眼中钉。整个社会不是得了"昏睡病"，整天躺在已经腐化的病床上，人云亦云；就是得了"狂妄病"，整天站在虚幻的司令台上口出狂言，发号施令，以一己的偏见，养育日渐狂妄的傲慢。

两千多年前以身殉道的古希腊哲学家苏格拉底，曾经针对当时雅典社会的这种弊端，提出了振衰起敝的根治良方，那就是以理性为主轴的真智。他认为：人应该时常反躬自省，人的最大智慧就是"自知自己一无所知"。

只有知道自己一无所知，才有可能获得真知。如果认为自己已无所不知，那就真的是无知。所以苏格拉底才说：

> 造成错误的,既不是那些已经知道的人,也不是那些自己知道他不知道的人,而是那些不知道却自以为知道的人。

人生最大的无知是傲慢与偏见,最大的错误是固执与诡辩。当古希腊人喊出"人是万物的尺度"后,"我是万物的尺度"的傲慢就隐然出现了。当人类"强不知以为知,以偏见为正见,以傲慢为狂狷,以放纵为自由,以挥霍为慷慨,以颠倒黑白为特立独行"时,偏执与诡辩就开始蛊惑人心了。

诡辩之所以能蛊惑人心,完全建基于人们的无知上。

古希腊时代有一位有名的诡辩家,名叫普罗塔戈拉。他用诡辩的方法蛊惑了不少人心,让社会笼罩在一股是非不分、善恶不明、对错不显的迷雾中。他广招门徒,用各种似是而非的论调,赢得最佳辩士的美名。

普罗塔戈拉的学生中有一位名叫欧亚塞卢的人,当他拜普罗塔戈拉为师时,就和他的老师约定:欧亚塞卢先付一半学费,另一半学费等他学成后打赢第一场官司再付。

经过一番努力学习,欧亚塞卢终于学成出师了。出师后的欧亚塞卢一直以尚未打赢第一场官司为由,拒付另一半学费给普罗塔戈拉,于是双方起了争执。

普罗塔戈拉很有自信地对欧亚塞卢说:"如果我起诉你,不管输赢,你都得付我另一半的学费。因为如果我赢了,法官必须让你付我另一半的学费;如果我输了,你赢了,你也必须付我另一半的学费,因为你打赢了第一场官司,依约定你必须付我另一半学费。"

欧亚塞卢听了后颇不以为然地说:"正好相反,不管输赢,我都不必付你另一半的学费,如果我赢了,法庭会判我不必付钱;如果我输了,我就没有打赢第一场官司,按照协议,我当然也不必付钱。"

像这样的诡辩，在你来我往中，彼此都充分利用了"以子之矛，攻子之盾"的策略，故争论依然喋喋不休，难获共识，形成一种所谓的"公说公有理，婆说婆有理"的论述吊诡。不仅对社会的公平正义产生了迷雾作用，对社会大众的价值体系也产生了扰乱性的负面影响，于是无知民众的思想就愈容易陷入"闻声起舞"、"人云亦云"与"不知所措"的迷惘之中。

我们姑且把这种社会思维的迷乱现象称为"社会的迷雾"。或许这种社会思潮的迷乱现象，在任何时代、任何社会都有可能产生，只是这种"社会的迷雾指数"愈高，社会价值体系的混乱程度就愈大，跟随而来的社会疏离心与群体的冷漠感也就愈来愈严重了。

一个愈祥和、愈安定、愈清明的社会，它的社会迷雾指数必然愈低。换句话说，在这样的社会里，社会的价值体系既鲜明又清晰，人人"智，足以别善恶；明，足以辨是非"，诡辩难惑其心智，煽动难乱其耳目。这样的社会人人都能反躬自省，人人不再无知，人人也不再自以为是。

在一个动荡不安的社会，或许可能富足到什么都有，但必然有一项没有，那就是智慧。古人说："磐石千里，不为有土；愚民百万，不为有民。"如何让老百姓深具智慧，就要从教育着手了。

古希腊哲学家柏拉图曾经说过：

> 只有哲学执政的国家，或者只有统治者精通哲学的国家，才是人类最理想的国家。

他的意思是：只有让具有智慧的人来领导国家，或者只有让领导国家的人具有智慧，这样的国家，社会才能祥和安定，人民才能恬静富足，才是人类最理想的国家。这就是柏拉图心目中的"乌托邦"，人人心里头的理想国。

　　现在台湾的社会迷雾指数似乎有节节升高的趋势,此时此刻我们更需要具有"静寂清澄,志玄虚漠"智慧的人,带领我们脱离意识形态雾区,走向风平浪静、充满美丽憧憬的明天。

# 一身傲骨的贯休

贯休，唐朝的一位著名诗僧。

诗僧，就是诗写得很好的出家人。

通常，诗写得很好的人，我们称他为"诗人"。

诗人中最出类拔萃的，我们称他为"诗仙"或"诗圣"。

能够称为"诗僧"的，当然就是诗写得出类拔萃的僧人了。

中国历代僧人中，诗写得好的不少，但能够写得出类拔萃的不多。唐朝以前，诗僧并不多见，但有唐一代，诗僧人才辈出，可见唐朝不仅是名副其实的诗歌王朝，同时也是孕育诗僧的温床与摇篮。

提起唐朝，大家都知道它是中国历史上少见的盛世，不论文治武功，商贾贸易，使节往来，文化交流，都盛极一时。国都长安，胡汉毕集，宗教汇流，驼铃马嘶，商旅喧嚣，熙来攘往，胡笳汉乐，东西技艺，争优竞秀，不仅是一个高度国际化的都市，也是当时世界文明的中心。

无可否认的，大唐盛世，东倭西胡，近悦远来；东西文化，交相冲击；变革创新，风起云涌，于是唐诗傲世，唐风广被，唐人称号不胫而走，直到今天，西方犹称中国人为"唐人"，许多国家华人聚居的地方还称为"唐人街"，可见大唐声威，荡漾千年，迄今不衰。

俗话说："有怎样的朝代，就有怎样的文化。"这话一点都不假。有优质的世代，必然有优质的文化。大唐的优质世代，反映出来的优质文化，就是唐诗，就是文学，就是艺术，就是宗教，就是丰厚的人文精神与威武不屈的狂狷气节。

贯休，作为一位僧人，自有他一向坚定不移的信仰；作为一位诗人，也自有他一向涵敛的狂狷。他那种不迎不拒、不攀不推，却又孤傲难驯、威武不屈的处世态度，或许令贯休更适合做一位诗人。

作为一代诗僧，贯休不仅能诗，而且擅画，可说是多才多艺、才华洋溢的出家人。在晚唐动乱的时代里，他和其他的文人一样，"叹世局之不安，悲能臣之凋零"，尤其他接触贫苦大众愈多，愈感受到社会腐败之病深与平民百姓仰天无助之身苦，于是他奔走于吴越、荆南、西蜀之间，寻找能为解除民瘼略尽绵薄之处。

但以他孤傲的个性，和同情广大贫苦民众的情怀，想要在贪渎腐败的官僚体系中立足，谈何容易。尽管如此，他还是不改拥抱天下苍生之志，不向权重势大的官僚低头妥协。

据阮阅《诗话总龟》前集卷三十引《古今诗话》记载：晚唐朝政紊乱，宦官弄权，民瘼日深，诸藩称王，贯休曾投诗于吴越王钱镠，诗中尝云：

满堂花醉三千客，
一剑霜寒十四州。

钱镠看了后，以"十四州"之数，不足以表彰他的伟业，于是命令贯休将"一剑霜寒十四州"，改为"一剑霜寒四十州"，以夸耀他的功绩。但以作为一位诗人应有的傲骨与气节，贯休悍然地拒绝了。他一个字一个字，铿锵有力地说：

州亦难添，诗亦难改。
闲云孤鹤，何天不可飞？

既然不屈于钱镠，于是贯休离开了吴越，遂西行入蜀去了。西行途中，贯休既慨叹于社会的腐败与农村的破落，又义愤于酷吏的横征与贪官的暴敛，到了荆南后，因作《酷吏辞》，他又见罪于荆南权贵，只好再度黯然西行。

稗官野史，诗坛韵事，有时固然不能尽信，然而唐朝诗僧一身傲骨，不佞不媚的气节和文风，终能芳薰后世，受人传颂。

奇迹。

# 无　常

"无常"是人类所能感知的真理。不管承认或不承认，无常都和我们长相左右，也和万物一起同在。

中国有一本非常古老的经书，叫做《易经》。这本受到孔老夫子极端重视的经书，有它的神秘处，也有它的平易处。

神秘处在于不少人把它当做预卜吉凶的宝典，千百年来经由他们的神化与渲染，它的神通妙用，让人莫测高深。

但就平易处而言，全书只是要告诉我们一个道理，那就是："天行健，君子以自强不息。""天行健"，是指天道不停地运行，万物不停地变化，从来没有片刻停息过。所以《易经》这本神秘的古籍，说穿了，就是一本强调"变易"哲学的书，它要告诉我们的，就是"无常"的道理。

因为天道运行不息，世事变化无常，所以谆谆告诫大家要"自强不息"。不息，就是不停住的意思。天道既然从来没有片刻停住，人世间也就进行着从没有止息的"生住异灭"和"成住坏空"的循环与轮回。作为能思能觉，自诩为万物之灵的人类，岂能没有"自强不息"的自觉？岂能无视于"无常"的同在？

时间之箭，勇往直前。

天下事物没有止息的事实，只有止息的错觉。孔子驻足凝望不断奔流而去的河水，感慨地说："逝者如斯，不舍昼夜。"这"不舍昼夜"四字，道尽时间的无情与世事的无常。人既是滚滚历史洪流中的一粟，岂能自外于人事代谢的滔滔江水，岂能不随着世代兴替的滚滚洪流一泻千里！

在佛教经典中，《维摩诘经》是受到大家普遍推崇的一部经书，它提出"以无住本，立一切法"的思想，就是要大家以"无住"的认知作为本体，来设定人生的趋向。

"无住"，就是没有停住。既然没有"停住"，就不能执著。人一有执著，就被框框给框住了，就有"止息"的错觉了，就不想变易了。但"无常"是可知、可感的真理，是千古不变的自然法则，没有哪一样东西可以逃过这项法则而常住不变，想要用虚妄的"常"，来抵触真理的"无常"，烦恼就由此而生，不如意事就从此发端。

禅宗六祖慧能禅师，听到《金刚经》里的"应无所住而生其心"，顿然有悟，可谓天纵慧根，确非常人。而这"应无所住而生其心"，不仅在强调"无所住"，也在指出一条"生其心"的出路，否则执著于"无所住"，难免会滞留于"槁木死灰"的断灭空，哪有生机可言。唯有把握"以无住本，立一切法"，人生才有意义，烦恼忧苦才能减少到最小程度。

"无常"，随侍在我们左右；"无常"，也不断用事相警惕我们。只是大家心欲深重，视而不见，听而不闻罢了。《六祖坛经》说："以无念得智慧，以无著离烦恼，以无相证佛性。""无念""无相"姑且不论，只要能深体"无著"的微言大义，接纳"无常"的正向启示，就可终身受用不尽了。

# 赏　画

我不懂画,也不懂赏画,只喜欢看人绘画。每次看人画笔在手,一勾一勒之间浑然天成,神韵尽出,不禁赞叹欢喜,钦羡他的巧思与妙手。

懂画的人说,绘画要登峰造极,必须"意在笔先",换句话说,画竹必先"胸有成竹"。胸中无竹,神韵不出,专以形似,已落为下等,难跻画家之林。行家之言,不能不当真!

画家必须要有自己的画风与格调,否则依样画葫芦,顶多是个画匠,难成大器。所谓画风者,自己的特质也;所谓格调者,自己的创意也。画家的独特风格,来自于自身的人文修养与不同流俗的创意。有丰富的人文修养,加上不俗的崭新创意,才有机会成为一代宗师,也才有机会让自己的作品独树一帜。

历代论画的人不少,但像郑板桥那样能深入浅出,尽情挥洒,反复阐述的人并不多。他在《题李方膺画梅长卷》中有这样一段鞭辟入里的话:

> 晴江李四哥独为于举世不为之时,以难见奇,以孤见实,故其画梅,为天下先。

李方膺是扬州八怪之一,也是当时的画梅高手,郑板桥认为:"兰竹画,人人所为,不得好。梅花,举世所不为,更不得好。"可见在板桥的眼中，画兰画竹的人很多，但要画得好，不容易，而愿意画梅的人很少，因为画梅比画兰竹难，要画好更不容易。

为什么李方膺能把梅花画得让郑板桥赞叹不已呢？因为李方膺肯痛下功夫，有"为人所不敢为，为人所不愿为"的勇气。郑板桥评论李方膺画梅所以能够"为天下先"的原因是：

> 日则凝视，夜则构思，身忘于衣，口忘于味，然后领梅之神，达梅之性，把梅之韵，吐梅之情，梅亦俯首就范，入其剪裁刻画之中而不能出。

不是功夫深，铁杵哪成绣花针。李方膺就是这样废寝忘食，日视夜思，才能信手拈来，把梅花融于胸臆之中，让它俯首就范，把它拿来任意刻画剪裁。

郑板桥又说：

> 夫所谓剪裁者，绝不剪裁，乃真剪裁也；所谓刻画者，绝不刻画，乃真刻画也。岂止神形入画，夫复有莫知其然而然者，问之晴江，亦不自知，亦不能告人也。

板桥这段话极富禅意，也说出了痛下功夫后，不期然而然，不求知而知的境界，宛如行云流水，浑然天成。到了这种境界，自能出神入化，不剪裁，剪裁成也；不刻画，刻画竟也；意在笔先，神在形前，画之旨备矣！

# 赏　竹

　　中国古代文人，称松、竹、梅，为岁寒三友，取松的苍劲、竹的坚节与梅的傲霜美德。宋朝大文豪苏东坡说："无竹令人俗。"想象那瓦屋二三落，翠竹四五丛，门前溪水潺潺，屋后远山悠悠的田园景象，自有一种超凡脱俗的意境。许多人在岁寒三友中独钟竹，这并非对松与梅有所偏见，而是因为翠竹本身就有一股出尘的飘逸与坚持。

　　乡下人爱竹，不是因为文人所说的取其坚劲的节操。这些艰深的道理乡下人不懂，也不需要去懂；乡下人只爱竹的修长与招风、实用与韵律。

　　郑板桥曾在他的墨竹画册题识云：

　　　　不是春风，不是秋风；
　　　　新篁初放，在夏月中。
　　　　能驱吾暑，能豁吾胸，
　　　　君子之德，大王之雄。

　　板桥真可说是竹之知己了，夏竹招风驱暑之妙，板桥娓娓道来，真是于我心有戚戚焉。

　　竹身修长，竹叶茂密，迎风摇曳，不仅招风，而且生姿；不仅生姿，而且竹声有如天籁，道破了大自然的韵律天机，给大地平添了悠扬旋律。

板桥是画竹行家，也是赏竹行家，再看他怎么描写竹子的飘摇与舞动：

　　一阵狂风倒卷来，竹枝翻回向天开。
　　扫云扫雾真吾事，岂屑区区扫地埃。

狂风倒卷，竹枝舞动；竹叶翻回，摇向左右，翻向天空。板桥写具象，也写抽象。舞动的具象翠竹，栩栩在目；抽象的扫云扫雾，惚如真能扫去胸中的郁垒与灰尘，这岂是甘于扫除区区的地上尘埃所能比拟。竹的美，在于它的修长与纤秀，在于它的清新与不俗。郑板桥不论于画、于词，都常把竹石并举，所以如此，自又有他的另一番领悟。他写道：

　　竹也瘦，石也瘦，
　　不讲雄豪，只求纤秀，
　　七十老人，尚留得少年气候。

竹石虽瘦，但气节嶙峋，看起来虽然不像老松盘根错节般的雄浑，但质朴纤秀，自有一股温文尔雅的书生气息。难怪郑板桥要效"老夫聊发少年狂"的苏东坡豪态，说出"七十老人，尚留得少年气候"的豪语了。

"雨中听竹知秋意"，固然很有诗情；"仲夏竹林读书声"也很有画意。坐观绿竹随风摇曳，享受那种"忽焉而淡，忽焉而浓"的自在，体会"究其胸次，万象皆空"的禅悦，让人不禁要朗诵着"郁郁黄花，无非般若；青青翠竹，总是法身"的词句了。此时此刻，胸中一片空寂，放眼望去，云淡风轻，不亦快哉！

# 奇　迹

二十世纪科学界的巨人爱因斯坦曾说：

活着只有两种态度，一种是不相信奇迹；另一种认为凡事都是奇迹，而我相信后者。

就是因为爱因斯坦相信凡事都是奇迹，所以能成为一代科学宗师；也因为他相信凡事都是奇迹，所以能逐一揭开宇宙的奥秘。

其实，所谓奇迹，并非一苇渡江，凌波微步；也不是飞天钻地，翱翔云端。所谓奇迹是对大自然的赞叹与欣赏，对生命的珍爱与尊重，是充满于心里的感恩、喜乐与好奇。

有僧人问禅师："哪里可以找到奇迹？"
禅师说："哪里找不到奇迹？"

确实，这个世界处处都是奇迹，处处都有惊奇。

看，墙隙里的那株小草，迎风摇曳，绿意盎然，对应斑驳的瓦墙，古老与新生，代谢与新陈，这不就是造化中的奇迹？

看，那盘根错节的老松，临崖屹立，无畏风霜，抗衡岁月，漠然凝视着物换星移，这不是自然中的无比惊奇？

看，那婴儿水嫩的肌肤，好奇的眼神，无邪的笑靥，悦耳的笑声，直触人心,引人怜爱,这不是生命界所焕发出的神奇?

看,那两鬓被岁月漂染成皤白,满脸被时间刻画成皱纹的老人,生命虽然日暮西山,但散发出来的智慧仍然光芒万丈,那耀眼的残红,不是天地间最亮丽的奇迹?

清晨醒来,不论屋外车辆嘈杂,还是庭院鸟声悦耳,只要发现一息尚存,景物依旧,就足以让人惊奇,这就是我们每天最先发现的奇迹。

一块石头,一粒沙尘,不论美丑,不管大小,它们的存在,都经历了亿百千年大自然沧海桑田的无数浩劫,存在本身不就是天大的奇迹?

望天远眺,茫茫星河,广寒苍冥,只有我们居住的地球,绿意油油,碧水悠悠,生物群集,盎然生机,这不是上天赐予我们最难得的奇迹?

人自诩为万物之灵,能喜能悲,能思能虑,能爱能恨,能壮志干云,能为赋说愁,能一念三千,也能三千一念,不也是天造地设的奇迹?

禅师说:"哪里找不到奇迹?"

心念就是奇迹。《无量义经》云:"念念不住,心心生灭。"只要心念不枯,触目都是奇迹,处处都是惊奇。

西谚云:"身在黄金岛,何必寻凡石。"如果从中有所启悟,僧人提问的"哪里可以找到奇迹"就不值一哂了。

# 神　通

曾经听过这么一个故事：

有一个人生了两个儿子，大儿子很年轻就离开家庭，隐遁山林，苦行修练，成为修行人。小儿子接受正规教育，成为一位品德高尚，有学问，肯助人的人，他娶妻生子，过着一般家庭的生活。

十二年后，那位成为修行人的哥哥回到家乡探望弟弟，让他的弟弟喜出望外。当他们促膝相叙、把手言欢时，弟弟问哥哥说："是什么让您愿意放弃尘世的欢乐，在外面苦行流浪那么多年，究竟您从中得到了些什么？"

哥哥回答说："你想知道我得到些什么吗？好，你跟我来。"

于是弟弟跟着哥哥来到附近的一条河边。

哥哥对弟弟说："看着！"说完，纵身一跃，踏在水上，凌波而行，渡过江面，到达对岸，然后回过身来洋洋得意地对着弟弟大声说："看到了吗？"

弟弟没有回答，他给了船夫一文钱，让船夫把他渡到对岸，然后对哥哥说："您看，我只花一文钱，就渡过江河了，而您让自己吃了那么多的苦头，花了那么多的时间，就仅仅为了这个？"

我们不知道哥哥听了弟弟这番话后，作何感想，但想必会有一些启示吧！千百年来多少人毕一生之力追求神通，但到头来还不是黄土一抔，荒草埋恨，神通何在？

其实，神者，难测也；通者，通达也。只要能运用各种难测的巧妙方法，达到想要达到的目标，这人就具足了神通。

事实上，生命有无限的潜能，人生有无限的可能。神通，人人本具，问题在于"悟与不悟"、"为与不为"，而不在于"有与没有"、"能与不能"。更何况再大的神通，也难逃大自然"生住异灭，生老病死"的法则。因此无益于社稷民生，无助于世道人心，即使具足神通，于人于己又有何用？

在我们的社会里，不知道有多少人忙于寻找奇迹，也不知道有多少人急于追求神通。但诚如爱因斯坦所说的，所谓"奇迹"与"神通"，无非只是生活的一种态度而已。而生活态度又无非只系于一念之间。所以一念悟，即使是吃饭睡觉，挑水担柴，都是神通；一念觉，即使是一举手一抬足，一瞬目一扬眉，都是奇迹。不觉不悟，心枯意竭，奇迹当然难觅，神通当然难求了。

# 虚幻的仇人

齐庄公时，有个名叫宾卑聚的人，睡觉的时候，梦见一位壮汉，头上戴着用白绢做的帽子，系着用红麻线做的帽带，身上穿着用熟绢做的衣服，脚上穿着白色的新鞋，腰间佩带着黑鞘宝剑，威风凛凛地走到他的面前，轻蔑地斥责他，并把唾沫吐在他的脸上。这恐怖的梦境把他给吓醒了，认为是他这一生中最大的耻辱，于是他孤坐在床上，心里愈想愈难过，愈想愈沮丧，整整一夜，再也睡不着了。

第二天早上，他急忙把他最要好的朋友找来，说："我年轻时就好勇尚武，一生恩怨分明，年纪已到六十了，从没有遭受过侮辱挫折。而昨天夜里却遭到空前的挫折与侮辱，我一定要在三天内找到那个侮辱我的人，讨回公道。如果找不到这个人，讨不回公道，我将不再偷生，要因为受侮而死。"于是，宾卑聚每天一大早就偕同这位朋友一起站在四通八达的通衢要道上，寻找那位头戴白绢帽、腰佩黑鞘宝剑的壮汉。过了三天还是没有找到，回去后他真的饮恨自刎而死了。

这或许是一则寓言，也或许是一则真实的故事，我们不在意这则故事的真伪，我们倒是非常在意这则故事中，所谓"敌人"的有无。其实，在这则故事中，宾卑聚哪里有所谓的仇人，他所谓的仇人，只是做梦时梦见的幻象，根本就不存在。而他却以虚幻为真实，非要找到这个人报仇雪恨不可，未免太愚昧可笑了。但仔细想想，人世间不知道有多少像宾卑聚这样的人，自己制造一个虚幻的仇人，跟自己过不去，最后还要为此含恨黄泉。

人世间看穿了，想通了，哪里有所谓的仇人？一切仇与恨都来自每个人的心理状态，来自每个人自己的一个念头、一个想法；只要爱恨情仇的心态转化了，敌我分明的想法改变了，仇人也就幻灭了。

　　美国人权总统林肯，有一次到军营里视察，他对一个刚入伍的新兵说："孩子，我终于发现一个彻底消灭敌人的最好方法了。"新兵眼睛睁得大大的，看着林肯，表现出一种渴望获得答案的表情。林肯拍拍新兵的肩膀，微笑地说："那就是：把敌人变成朋友。"

　　林肯说得一点都没错，敌人是没有办法用武力彻底消灭的，彻底消灭敌人的最好方法就是把他变成朋友，也就是中国人所说的"化敌为友"。而"化敌为友"关键在一"化"字。"化"就是转化的意思，佛法强调"一切唯心造"，所以说："一念三千，三千一念。"爱恨情仇，都在一念之间而已。而要转化，要么就转化对手的心态，要么转化自己的心态。总之，是敌人，还是朋友，取决于彼此的一念之间。

　　所以，只要心中充满仇恨，朋友也能变成敌人；心中充满谅解与关爱，敌人就能变成朋友。在生命共同体的人世间，敌人是虚幻的，朋友才是真实的，正如富兰克林所说的："如果不能相互扶持，必然各自落败。"

# 都是面子惹的祸

"中国人很爱面子。"我们不知道这句话是褒是贬。其实,"爱面子"的,岂只是中国人,举世应皆然。中国人固然会为"有失面子"而耿耿于怀,外国人何尝不会为"颜面尽失"而怒目相向!

重视面子,中国人和外国人没有两样。人嘛!说好听一点,都有些自尊;说难听一点,都有些自大。于是,"面子问题"就和"民生问题"一样,每天必须面对,片刻不能分离。时不分古今,地不分南北,人不分中外,都希望别人"给面子",而自己又坚持"保住面子",形成"面子"的拉锯战、争夺战与保卫战。于是"面子战争"就这样无声无影地展开。

脸是人的门面,就像国际机场是国家的门面一样。外国人士抵达一个陌生的国家,作为国家门面的国际机场,就是他的第一印象。这个第一印象,可能会影响他对这个国家的终生形象。跟一位"素昧平生"的人打交道,接触的,首先是他的门面。装扮好门面,作出好表情,是人际网络上,攻无不克、无往不利的第一课。

解放黑奴的美国总统林肯,在南北战争期间,需才孔急。朋友知道了就推荐一个深具才干的人给他,并说这位仁兄极富经验,是一位难得的好帮手。于是林肯约见他,十分钟的面谈结束了,双方互道再见后,林肯再也没有提起这个人。推荐的朋友急了,忍不住问林肯为什么没有录用那个人。

林肯回答得很干脆:"我不喜欢他的脸。"朋友一脸不高兴地说:

"你贵为美国总统,怎么可以以貌取人。"林肯微笑回答:"一个人活到了四十岁,如果不能为他的脸孔负责的话,恐怕也不会有很大的作为了。"

这是林肯的用人哲学,一个内敛的人,他的气质与内涵,会外烁到他的脸面上来。林肯不喜欢的脸孔,绝不是他的美丑,而在于他的真诚与亲和。日本文学家大宅壮一也说:"一个男人的脸孔,就是一张履历表。"从这张履历表中可以看出他的过去、现在与未来,看出他的学历、经验、才能与修养。

英国文学家李顿(Edward George Bulwer-Lyttan)更说:"如果脸孔是份推荐书的话,那么圣洁的心灵是张信用卡。"把自己推荐出去,是每个人的期望,而最好的推荐书就在自己的脸孔上。可惜大家都忽略了这张最有效的推荐书,甚至把这张推荐书画黑擦白,涂红抹绿,让人望而却步,避而远之。

脸孔除了可做推荐书用外,也可当作有价证券用。

俗话不是说"见面三分情"吗?如果情有十分,脸面就占了三分,它的价值可说不薄了。又说:"出手不打笑脸人。"微笑的脸,不是又成为最佳的防卫武器了吗?

唐朝诗人白居易有"回眸一笑百媚生"的诗句。美人已经够美了,而那回头一笑的脸孔与眼神,可谓"勾人魂,荡人魄",难怪贵为天子的皇帝会"三千宠爱在一身",让"六宫粉黛无颜色"了。

面孔不仅是一张显赫的履历表,一份表白人品内涵的推荐书,更是一张显示精神与生理状态的记录卡。我们说他"面有菜色",意思是指他营养不良,物质生活不很充裕。说他"脸红脖子粗",意思是说他情绪激动,和人生气争吵。说他"脸都绿了",意思是说他惨遭挫折,极端失望。说她是"黄脸婆",意思是说她人老珠黄,红颜不再了。说他"面目可憎",是说他令人讨厌,不受欢迎。说他"不要脸",是说

他不知羞耻,不懂检点。说他"春风满面",是说他万事顺遂,得意非凡。说他"面子够大",是说他有影响力,别人都要买他的账……

脸面在人的身体结构上占的比例虽然不大,但它代表的价值却不凡。我们天天祈求别人给个"好脸色",不知我们是否时时给人好脸色?要获得别人的好脸色,恐怕必须自己先给人好脸色吧!"神采飞扬"就是善待自己,好的神采来自好的脸色,好的脸色来自自我内心的慈悲与包容。

笑口常开的布袋和尚,人见人爱。他之所以让人觉得可爱,是因为他先以人为可爱。"开口常笑,笑天下是非事;大肚能容,容世间百样人。"这样的襟怀,大概不会再有"面子问题"的烦恼吧!当大家在讲求"面子"的同时,不妨先重视"面子"背后的"里子",或许比较重要!

# 笑傲江湖寄此生

如果有人说："笑，可以预防生病，可以治疗疾病。"你一定会说他是神经病。说"笑"能预防生病，可能些许是事实；说它可以治疗疾病，或许是夸大。但至少，"笑"有百益而无一害，何况它是友谊的象征、亲和的表现、快乐欢愉的泉源。

印度有一个"大笑健身俱乐部"，俱乐部的成员把大笑的好处发扬光大。他们用大笑向世界道早安，向自己喊加油。创始于印度的"大笑健身俱乐部"，在印度具有的"神秘古国"与早期"人类文明先驱"的光环笼罩下，备受瞩目。

他们的成员，黎明即起，当东方破晓，晨曦微露时，或三两成群，或六五结队，开始向印度孟买市中心不远的场地聚集。他们带着欢愉的心情，在带动者的带领下，伸展双手，高高举过头顶，然后开始微笑，再从微笑转为咯咯的笑，稍后变为低声暗笑，片刻后放声大笑。笑声向四面八方飘散，在人群中回旋。大家都在笑，你不得不笑；大家相视而笑，你也情不自禁地跟着大笑。他们在早晨笑出了愉快的一天，笑出了满脸灿烂的花朵。又用满脸灿烂的花朵，带着笑声，向宇宙万物发出至诚的道早问好。

一位俱乐部的成员这样说："早晨这种笑的锻炼，能使我愉快一天。"他又说："我知道纵情大笑，祛病延年似乎不太可能。但在早上问候世界，没有比用大笑更好的方式。"

其实，"大笑健身"不是理论。大笑健身俱乐部创始人卡塔里

（Madan Kataria）博士斩钉截铁地说："从医学的角度看，大笑健身是常识。"

这位在孟买行医多年的医学博士进一步说："我们只是将常识付诸实践而已。"卡塔里博士甚至毫不犹疑地说："大笑可以使人感到自己的伟大。"

这是近年来我所听见的最富有哲学味道的一句话。

"得意的笑"，千金难买。当人感到最"得意"的时候，就是自己认为最伟大的时候。当你"开怀大笑"的时候，就是最肯定自己的时候。

除了能肯定自己的伟大，大笑也能使人身心放松，减少羞怯和压抑，当你忧愁烦恼，找个空旷的地方"仰天长笑"，你就再也不会说："郁卒（闽南语，郁闷之意）啦！"

大笑的奇妙功效，据说在五千多年前就已被印度人发现了。

五千多年前的"瑜伽功"，就已提到大笑是控制呼吸的有效方法。现在，科学研究发现，能使腹部微微起伏的大笑，不仅锻炼了心脏和肺部，而且也锻炼了肩部、胳膊、腹部和腿部肌肉。

美国心脏学家威廉·弗莱（William Fry）博士认为："大笑一分钟，胜过肌肉放松四十分钟。一天大笑一百次，等于慢步十分钟。"医学研究又发现："笑可以减轻疼痛，放声大笑有麻醉剂的效用。"

所以医生和心理师鼓励大家看自己喜欢的幽默影片或令人发笑的电视节目。看了如果觉得好笑，不妨放声大笑。

笑是情绪的大解放，是克制郁闷的最有效良方。

台湾也有个微笑协会，不知道该协会的成员是否天天微笑？微笑的功用，不会低于大笑，如果场合不适宜大笑，不妨保持动人的微笑。

微笑没有大笑的"激烈"运动量，但有让人印象深刻的亲和力和穿透力。

外交官用微笑在外交战场上纵横；推销员用微笑在竞争的商场当武器；政治人物用微笑在善变的选民中塑造形象；情人用微笑表达了至死不渝的真情……

没有微笑的社会，我们真不知道如何化解冰冻的人际隔阂与疏离。没有微笑的世界，我们也真不知道人间还有情爱与友谊。

人类的面部表情，最美的是微笑。微笑让眼睛焕发光芒，让嘴部形成动人曲线，让颜面肌肉得到最和谐的松弛。微笑也向自己传达了"自信"，向别人传达了"友谊"，向大自然传达了"关怀"，宇宙间没有比微笑更贴心、更甜美的了。

一位朋友说：他每天早上刷牙完毕，总要面对镜子保持三分钟的微笑，这三分钟就是他一天愉快情绪的资粮。听后我恍然大悟，为什么他在朋友中间，会具有如此良好的人缘。

常面带微笑的父母，一定是位慈祥的长辈，因为微笑涵养了他们慈祥的气质。而慈祥的气质可以透过微笑向四方放射，营造了美善的互动。

千万别相信"君子不重则不威"那一套。不苟言笑的人，一定交不到知心的朋友；不苟言笑的长官，一定得不到部属的爱戴。严肃的表情只会令人紧张，绷着脸孔的人只会和自己过不去。

佛教四无量心，"喜"赫然名列其中。"喜"，在中国字里，既象形又会意。它看起来有"开口笑"的感觉，又有笑中带"吉"的示意。只要保持"笑容可掬"，就可以给自己带来吉祥，也可以给别人带来吉利。

所以"欢喜心即是功德"，德者，得也。保持欢喜心，你会"得"到很多至善至美的友谊，和你接触的人也会得到那份千金难买的欢喜心。于是你得到的是人缘，别人得到的是欢愉；你得到的是自信，别人得到的是希望；你得到的是自在，别人得到的是祥和。

只要愿意,"一笑泯恩仇"不是天方夜谭。将不中听的话"一笑置之",何等逍遥。所谓"历尽劫波兄弟在,相逢一笑泯恩仇"的情节并非可望而不可即,谈笑间,恩怨情仇一起放下,何等自在,又何等轻安。

笑,不论大笑或微笑,都可以让你开怀忘忧。心怀开了,树也在笑,花也在笑;海也在笑,山也在笑;飞舞的蝴蝶在笑,枝头上的小鸟也在笑;太阳热情地大笑,月亮也温文地微笑,星星也一眨眼、一眨眼地咪咪笑;地球在笑,整个宇宙都在笑。

用"笑傲江湖"的心情游戏人间,自己可爱了,别人也可爱了,鱼鸟花草,日月星辰都可爱了,哪里还会有"面目可憎"的人?哪里会有忧愁烦扰的事?

笑是一种表情,哭也是一种表情。喜是一种心态,忧也是一种心态,与其用忧愁的泪眼过一生,不如用开朗的笑容,走完短暂的人生旅程。

# 抉 择

## 颠 倒

十七世纪英国大文豪莎士比亚,以文学家惯有的敏锐观察力与细腻思考力,对当时英国社会的乱象,忧心忡忡,并感叹地说:

这是一个颠倒混乱的时代,
谁来扭转乾坤!

了解莎士比亚那个时代的人都知道,莎士比亚的感叹是发自内心的感受,他目睹当时英国社会价值观的混浊与错乱,内心充满了不解与无奈。

四个世纪过去了,莎士比亚的长吁,变成了我们的短叹,社会价值的颠倒混乱,在我们的社会里似乎也层出不穷。不少人以个人的私利定是非,以一己的私欲定善恶,合于私利者为是,合于私欲者为善。

于是正人君子被矮化了,循规蹈矩的人被嘲笑了,热心行善的人被污蔑了,举止端庄的人被冷讽了,直陈事实的人被处罚了,说出真相的人被抹黑了。而那些搞怪立异的人被视为偶像,离经叛道的人被看成英雄,穿着邋遢的人被奉为风雅,旁门左道的人意气风发,惊世骇俗的人独领风华。一切都变得颠倒混乱了。社会没有大是大非了,世间没有正义公理了,善恶颠倒了,黑白错乱了,正邪不分了,对错不明了，好坏不清了，道德隐晦了，勇气消失了，正气荡然了，一切都变得那样光怪陆离了。

虽然，善恶拔河、正邪交锋、爱恨情仇、生灭循环是人世间的常态，可是一旦到了"道消魔长"、"正隐邪显"、"善默恶嚣"，道德沉沦，价值错乱，私欲践踏了公益，瞋恨取代了慈悲，暴戾之气驱逐了祥和之气的时候，我们的社会就要动荡了，人心就要不安了，对立就要加剧了，冲突就要升高了，天灾与人祸就要层出不穷了，无辜的百姓就要无端受苦了，到了这个时候，我们还只能长吁短叹吗？还能继续沉默坐视吗？还能不提振道德勇气，发出正义之声吗？真要装聋作哑，听任行善的人受惩罚、为非的人受奖赏吗？

## 错　　乱

《杂譬喻经》有这么一则寓言故事——

从前有一个国家，时常会下一种含有剧毒的雨，雨水下在江里，江水就受到污染；下在河里，河水就受到污染；下在湖里，湖水就受到污染；下在井里，井水受到污染；下在城里、池里，城池就都受到污染。任何人喝到被污染的无明水，就会狂醉七日，七日之后才会清醒过来。

当时那个国家的国王是位非常有智慧的明君，他能在风起云涌、恶雨欲来时，就知道恶雨马上就要下来了，他会立刻将水井的井口盖好，不让恶雨滴到井里，污染了井水。

可是全国百姓与满朝文武大臣，对恶雨之欲来，既无先见之明，对恶雨之已来，又无防范之智，所以他们饮用的水源都受到污染了，当然也就都饮用了受到污染的无明水，结果百姓无一幸免，举国皆醉了，群臣皆狂了，他们脱衣裸体，泥土涂面，言行癫狂，举止错乱，以黑为白，以恶为善。

只有国王因防范得宜，未受恶雨之害，所以，当全民皆醉、群臣皆狂的时候，国王仍然能够保持清醒，仍然能像平常一样，穿国王应穿的龙袍，戴国王应戴的王冠，一如往常，庄严地端坐在王座上，面见群臣。而喝了无明水的文武大臣，不知道自己的心智已经颠倒错乱了，因此在上朝面君时，看见国王衣冠整齐，端坐王座，反而认为国王生病了，发狂了，反常了，群臣大哗，众论纷纷，认为此事非同小可，应采取行动，并对国王有所处治。

国王看见群臣骚动，内心暗自害怕，唯恐群臣躁进，国家将动荡不安，便对群臣说："我知道我生病了，但我有良药，可以医治我的病，请你们稍候一下，我进去服药，很快就出来。"话一说完，国王转身进入宫内，脱去所穿的衣服，以泥土涂面，打扮成和群臣一模一样，然后出来和群臣见面。群臣看见国王的模样，无不欢喜雀跃，以为国王的病真的痊愈，不再癫狂了。

七天之后，无明水的毒性退了，群臣都清醒过来了，看了自己的打扮穿着，都感到非常羞愧，赶紧净身洗面，穿戴整齐，规规矩矩上朝晋见国王。此时的国王装扮如故，仍然裸身泥面，斜坐王位，诸臣看了无不惊怪，并问国王说："吾王一向聪睿多智，今天为什么会一反常态，打扮成这个样子呢？"

国王回答说："我心常定，没有变易，只因你们喝了被恶雨污染的无明水，导致心智都癫狂了，因此反过来说我不正常，说我生病发狂了，为怕你们做出错事，我只好打扮成你们的样子。其实我的内心非常清楚，一点都没有受到迷惑。"

## 抉　　择

我们现在的社会，是不是也像上述寓言一样呢？我们的社会大众是不是都喝了无明恶水，受到无明水的感染而心智颠倒狂乱了呢？在我们的社会里，能够众醉独醒的，又有几人呢？一个为社会正义说出真相的人被处罚了，一个为天下苍生受尽磨难的人受到委屈了，一个为守护生命席不暇暖的人遭到践踏了，谁敢说我们的社会不是百病丛生？谁又敢说我们的社会价值体系不是颠倒混乱？

《双城记》作者狄更斯有句名言："这是光明的时代，也是黑暗的时代。"站在光明与黑暗的十字路口上，我们究竟选择光明，还是选择黑暗，就要看大家是否有足够的道德勇气了。事实上，我们社会的道德勇气已走失很久了，也已溃散多时了，是应该把它重新找回来，重新凝聚起来的时候了。履霜坚冰至，一叶能知秋，重振道德情怀固然重要，强化道德勇气更重要，否则善良受委屈，正气遭长埋，社会的公理与正义就要全军尽没了。

人生就是一连串的选择过程，时时刻刻，分分秒秒，都在进行着各种各样的选择。前一个选择是后一个选择的因，后一个选择又是前一个选择的果。所以佛经说："欲知前世因，今日受者是；欲知来世果，今日做者是。"也就是说今天的果，是源于昨天所选择的因；今天所选择的因，就会成长为明天所显现的果。究竟明天我们的社会是光明还是黑暗，就要看今天我们所做的选择了。

# SARS 的醒悟

## 战　　疫

人类正在进行一场"战疫",一场战况惨烈、异于寻常战役的"战疫"。

一开始,自诩为万物之灵的人类,在这场"战疫"中,似乎节节败退。行踪飘忽的 SARS 病毒"以小搏大"、"以暗袭明",成功地利用"无形无色、无声无息、无所不在、无孔不入、随人聚散、随物飘移"的属性,以"借力使力、借人伤人"的战术,不仅攻陷了人类的身防,更蹂躏了人类的心防,人性的弱点在它的强打猛攻下现形了,《孙子兵法》中所说的"不战而屈人之兵"的最高境界,它几乎快达成了。

现在人类几乎已到了"闻煞丧胆"、"望煞披靡"、"风声鹤唳,草木皆煞",人人自危的程度了。SARS 病毒已经轻易地把战场扩大了,把战线拉长了。它已不是某一个地区的病毒了,而是每一个人的病毒。它的主战场已不再是某一洲、某一国、某一省、某一县的战场了,而是在每一个人、每一个角落的战场了。面对这样一个"望之在前,忽焉在后",刁钻难防,蛮横难挡的病毒,人类对它仍然所知有限,所谓"知己知彼百战不殆",人类在这场战疫中,既不能知己,又不能知彼,岂能不防线失守、阵地沦陷、一败涂地、溃不成军呢?

## 殷　　鉴

其实打开人类发展史，我们不难发现：人类也是好斗成性的动物。千百年来，人类与天争，与地争，与动物争，甚至人与人争，大小战役年年不断、月月不断、日日不断，严格地说，人人都是身经百战，都是沙场老将。只不过人类总是"内斗内行，外斗外行"，只精于人类彼此之间的算计与杀伐，于是国家与国家争，民族与民族争，宗教与宗教争，阶级与阶级争，政党与政党争，派系与派系争，大家争得昏天黑地，彼此斗得日月无光，不顾大敌当前，只顾争权夺利，不知大难临头，犹争意识形态。这种勇于内斗，怯于外斗的行径，实在可悲可叹，可怜可笑！

人类平时总会说："殷鉴不远。"但事到临头，又总是忘掉历史的殷鉴。人类和病毒作战不是自今日始，SARS病毒也不是第一个威胁人类生命的病毒，数千年来人类和突如其来的无名病毒作战已不知凡几，但每次作战总是重蹈覆辙，总是不能记取教训，总是学不会互助互爱，总是用惊慌恐惧自毁脆弱的心防，总是用冷漠猜疑助长病毒的力量。每一次传染性病毒对人类发动全面攻击时，人性中最污浊、最晦暗的那一部分总会一一现形；而人性中最圣洁、最光辉的那一部分也总会即时显现。

## 疑　　惧

于是，一场人类心灵病毒的战疫，紧跟人类抵御外侵病毒战疫之后开打了，病毒利用晦暗、污浊、自私、怯懦的人性，为它摇旗呐喊、击鼓助威、虚张声势，坐收"攻心为上"的渔利。而人类在怯懦、自私的晦浊人性与大举来犯的病毒里应外合下，张惶失措了，恐慌畏惧了,自乱阵脚了,人人自危了。

于是,为求自保,相互猜忌;为了活命,彼此冷漠。

于是,心防溃堤了,人心涣散了,亲情荡然了,法治无存了,社会失序了。

于是,趁火打劫的有之,借机图利的有之,乘势斗争的有之,无理取闹的有之,无奈自杀的有之,斗狠滋事的有之。

于是,谣言满天飞,小道消息取代了正确的资讯,耳语活跃,信心渐减,失望渐增;忍耐渐减,无奈渐增;好话渐减,恶言渐增;互信渐减,互批渐增;沉默渐少,抱怨渐增;和气渐少,戾气渐增。

于是,整个社会发烧了,卫生防疫部门喉痛了,新闻媒体也咳声连连了,人性的病毒从四面八方扩散,满天飞舞,并快速蚀噬人类健康的心灵。

于是,人类未受病毒严重侵袭之前,心灵已先受其害,恐病症、抑郁症、疑心症、幻想症、疏离症——出现了,政府体制酸软无力,社会机制面临瘫痪,这不就是 SARS 病毒的典型症状吗?

## 冷　　漠

我们朝夕相处、须臾不离的台湾,现在不就是出现这种症状吗?我们可爱的台湾染病了,而且病情不轻。就像十四世纪薄伽丘在《十日谈》中对在黑死病袭击下的意大利佛罗伦萨城所作的描述:

> 浩劫当前,这城里的法纪和圣规几乎都荡然无存……到后来,大家你回避我,我回避你,街坊邻舍谁都不管谁的事,亲戚朋友几乎断绝往来,即使难得说几句话,也离得远远的。这还不算,这场瘟疫使得人心惶惶,甚至哥哥抛弃弟弟,叔伯抛弃侄

儿，姐妹抛弃兄弟，妻子抛弃丈夫，都是常有的事。最伤心也最令人难以置信的，是连父母都不肯目顾自己的子女，子女也不肯关怀自己的父母。由于这场猛烈的瘟疫，由于人们对病人抱着恐怖的心理，不肯出力照顾或根本不管……

六七百年前佛罗伦萨传染病笼罩全城的恐怖历史，在台湾似乎隐约重现了，人性的弱点似乎不分中外，无别古今。可是相较于同样饱受病毒威胁的新加坡、香港、中国大陆、加拿大、美国等地，台湾似乎脆弱得多了。台湾标榜了民主，却忽略了法治；强调了自由，却忽略了自制；要求了权利，却不尽义务；苛责了别人，却不自反省；重视了私利，却藐视公益。这就是为什么SARS病毒横扫全球，唯独台湾失控失序、杂乱无章的原因。

## 醒　　悟

对抗像SARS这样的病毒，目前唯一有效的办法，就是作好防疫措施，围堵它，远离它，摆脱它，弱化它，控制它。而想围堵它，就先要巩固心防，做好隔离；想远离它、摆脱它，就先要宽容互谅、扶持互助；想弱化它、控制它，就先要彼此同心，相互关爱。所谓"道长魔消"，正气高涨了，邪气就销迹了，大家团结一致、安危与共了，病毒就无由趁虚而入，难以借人伤人了。

所以，面对SARS病毒的强攻猛打，我们的自保与自处之道，就是谦冲自牧，就是自爱爱人，就是敬天畏地，就是洁身自卫，就是修心自省，就是行斋戒以养慈悲，就是去无明以生智慧。唯有人人能从人性的迷惑中醒悟，从贪瞋痴慢疑中出离，才能快速远离病毒，消弭灾难，摆脱SARS的一再纠缠。

# 医 病

## 医 道

从小最敬畏两种人：一是老师，一是医师。

老师在我们成长过程中，有时循循善诱，让人如沐春风；有时师命如山，让人望而生畏。但走出校门后，不论你是出类拔萃，成就非凡；或是庸庸碌碌，与众一般，每一个人的生命中或多或少都带有良师的浸染。不管你同意或不同意，不论你知觉或不知觉，这种浸染总是如影随形，伴随我们在漫漫人生旅途中披荆斩棘，在茫茫红尘大海里乘风破浪。

医师悬壶济世，拔人病苦，愈人伤痛，社会地位崇高，中外皆然。他们白袍披身，听筒挂颈，望、闻、问、切，断病开方，给人以专业与信赖的形象。他们问病断诊过程的一举一动、一颦一笑，都会牵动着病人心绪起伏；而医病互动间，他们的一言一行、一瞬目、一蹙眉，也会带给病人以希望和绝望。不管你体弱多病似黛玉，或身强体健赛宾汉，每一个人的一生中，总会有医师的妙手与叮咛，总会有他们温言暖语的抚慰与慈怀柔肠的身影。

"医者父母心"，医师所以让人尊敬，在于那颗人伤己伤、人痛己痛的仁人之心。医师如果缺少那颗如父似母的慈爱之心，缺少那份亦师亦友的关怀之情，那么医师济世救人的精神就荡然无存，拔苦慰生的精义就丧失殆尽，这时医师再也不是人人心目中既尊且敬的医师了。

尽管很多人习惯把医者称为医生,但我还是喜欢称他们为医师。这不仅表示对他们的无上尊崇,也表示对他们的高度期许。

## 倾听的艺术

其实,不论古今中外,行医这个行业,所以能成为所有行业里最受人崇敬的行业之一,除了因为他们有专业的技能,能为人医病治疾、疗伤止痛外,更重要的是因为他们能以感同身受的爱心与耐心,倾听病人的心声,分担病人的忧苦,抚慰病人的心灵。

也就是因为医师有这种既能医人之病、又能解人之苦,既能疗人之伤、又能安人之心的仁智情怀,才能受到广大社会民众的普遍尊崇与爱戴。古人称良医为"人医"或"仁医",也是因为医师能"视病如亲",把病人看成至亲至友来关心、来医治,而不仅只治他的伤、看他的病而已。所以"仁心仁术"就成为赞叹良医的广泛用词和最佳写照了。

然而,诚如美国知名医学教育家路易斯·托马斯(Lewis Thomas)所说的:

> 今天,尽管医学科技的神奇是几年前想象不到的,却饱受攻击。有人批评医生只是应用科学家,只着眼必须处理的疾病,并不把病人当作"个体"或"全人"来关心。医生忘了倾听的艺术,不愿意或难以给病人或家属一个满意的解释。

托马斯教授不愧是位伟大的医学教育家,他看出今天医学界的问题,也说出了他对医学教育的忧心。他不否认医学仪器的日新月异,助长了医学技术的不断突破与创新。但他同时也担心,医师过分依赖医疗仪器，会让医病关系日趋冷漠与疏离；过分依赖电脑表格与程式，会让仁心仁术的医道日趋物化与功利。他目睹现今医学重视科技而偏离人文的发展趋势，所以在《最稚龄的科学》(*The Youngest Science*) 一书里，深有所感地指出：

> 今天的医师，甚至不用走到病人身旁，就可以在另一栋大楼发号施令为病人诊疗。病历记录也有电脑程式可以利用，见习医师问病人一些问题，在表格上勾选，输入电脑之后就可得到一张印得漂漂亮亮的诊断和检验建议书。

## 医病的疏离

因为对精密医疗仪器与电脑表格程式的过度使用和依赖，现在医师不会花个四十五分钟去听你的胸脖或触摸你的肚子，他们只要填张单子，有人就会送去放射科做电脑断层扫描。其结果当然是不到一个小时，病人体内的器官巨细靡遗，原形毕露，医师对于病兆的了解与病情的掌控，更了然于胸。但最令人担心的情况也出现了，托马斯说：

> 因此，现在的医师不必去亲近病人及其家属，可以刻意保持距离。一切的接触也许仅止于初见面时随便握个手。医学不再是触摸的艺术，比较像是解读机器讯号的科学了。

机械化蔚然成风的结果，对医师来说，医疗的诊断或许会更精准，但对病人而言，医师再也不是他们可以一诉衷肠的亲人或密友了。医师和病人之间的距离，因对医疗仪器的过度依赖和使用而愈行愈远。

如果这种情形不能尽快设法改善，我们实在有理由相信：这个自古以来一直备受尊崇的医人济世行业，不久的将来会被物化成"银货两讫"的庸俗行业，医师的崇高社会地位，也会被窄化为只是解读医疗仪器讯号的医匠了。

透过SARS病毒的来袭，我们得以有机会对台湾的医疗院所作一番彻底的检验，对台湾的医学教育作一次无情的评鉴，对台湾的医护人员作一次全面的体检。结果显示：三者的情况都让人担忧。

## 人味的良医

大家都知道，医师是高风险的行业，任何医疗院所都危机四伏，各类病菌都伺机而动，就是因为医师敢于在危机四伏的环境里为捍卫生命而努力，才能获得社会的尊敬与病人的信赖。如果病毒一来，捍卫生命第一线的医护人员就率先望风披靡，弃械而逃，不仅有违医护人员誓卫生命的天职，也愧对社会大众对他们的高度信任与依赖。

"师者，所以传道、授业、解惑。"严格地说，"师"之一字，有典范的意思，是众所效法的对象。所以社会大众所尊敬的是"医师"，不是"医匠"；所尊崇的是"良医"，不是"名医"。

"医师"之所以有别于"医匠"，在于医师心中有爱，医匠心中唯利；而"良医"之所以有别于"名医"，不在于医术而在于医德。说得更明白一点，"名医"或许有妙手回春的本事，但总不如"良医"除了能妙手回春外，更有一份悲天悯人之心与仁民好生之德。

托马斯目睹现今医界的怪现象，非常感慨地指出：

> 医学的训练愈来愈没有人味，行医也愈来愈机械化，古老的医学艺术失落已久，很少有人记得了。

什么是古老的医学艺术？就是望、闻、问、切，触摸病人、问病断症的艺术。现在这些古老的医学艺术快要被医疗机械所替代了，医师花在看医疗仪器上的时间，比看病人的时间还要多，似乎医师再也不必靠自己的专业断病了，医师总是依靠医疗器械断病，我们真不知道这是医师看病，还是机械看病？也真不知道：今日医师行医，机械化占去多少，而人性化又保留几分？

卷二 品读生命

生命的风华

# 永不凋零的情义

台湾地处地震带,台湾民众对天摇地动本已司空见惯。然而一九九九年九月二十一日凌晨一点四十七分,台湾大地狂醉颠荡,震醒了台湾人民的酣梦,也震碎了台湾人民的心绪。

这时大家才恍然大悟,台湾长久以来享有的"美丽之岛"盛名,并非上苍独厚台湾所赏赐的礼物,而是历经地震的千锤百炼,万年累劫造就出来的精粹大地,在美丽的外表下,其实潜藏着许多蠢蠢欲动的断层。九二一大地震之所以会在台湾中部导致惨重灾情,就是区隔台湾中部高山与平原的车笼埔断层再度活跃的结果。

回顾历史,在过去的一百年中,台湾发生过十次毁灭性的大地震,造成无数灾民家破人亡。可是在一次又一次地震的蹂躏下,我们看见台湾人民在浩劫中所散发出来的强韧生命力,一次又一次地从破碎的田园中站立起来,从形同废墟的灾区中重建家园。地震或许是台湾宝岛的宿命,但台湾人民绝对不会在用尽气力之前向宿命屈服。

九二一大地震来得那么突然,那么快速,那么极具破坏性。地震发生后,除了军事部队迅速动员投入赈灾,博得全民的喝彩肯定外,另一支来自民间、身着蓝天白云的救援团体——慈济人,他们不待命令,不等求救,义无反顾,分秒必争,在地震发生后,立刻组织动员起来。他们带着强烈的使命感,不顾自身的安危,摸黑赶往受灾地点。他们成立救灾中心,搭帐篷,煮热食,抚伤慰痛,在瓦砾中抢救生命,在悲痛中安定人心。他们以严整的纪律、高效率的方法、高度的耐心与爱心，对受灾的乡亲与搜救人员提供必要的救援与帮助、慰问与关怀。

为了不让无家可归的灾民沦为难民，证严法师在九月二十一日当晚即决定要大量兴建简易屋安置灾民。法师认为，灾民是一时的灾难，不是一世的落难，只要给他们一些适当的扶持，他们很快就会站起来，很快就会再闯出一片自己的天空。于是设备齐全、规划完善、绿化美观的慈济"大爱村"，在慈济人烈日挥汗、雨天赶工的努力下，一村一村地建成了，灾民得到了安身，也连带地获得了安心。

随着时间一天天过去，九二一大地震天崩地裂的悲恸激情，似乎已慢慢恢复平静了，但在人们的记忆里，它仍然是人们心中永远的痛。这场悲剧震碎了无数家庭的幸福，带走了两千多人的生命，却也牵动了台湾人民的心。澎湃的大爱，绵绵不断的捐输与关怀，让受灾的乡亲们知道台湾其实是一个爱心存底丰厚的地方。许多救难团体与工作团队在九二一进驻灾区，陪伴着灾民一路走来，无论是这些社区工作队的成员，还是在大地震中幸存下来的灾民，大家都有一个更深的期许，期许一个更美好的台湾、更美好的未来，在政府与民间的同心协力下，很快展现出来。唯有如此，两千多位震灾牺牲者才能得到安息，无数受苦受难的灾民，心灵才能得到安慰。

灾后重建成为刻不容缓的当前急务，慈济义无反顾地认养了五十多所被震垮学校的重建工程，足以显示慈济人对灾后重建的高度积极性。因为证严法师说："教育不能断层，不能让孩子在恶劣环境中读书。教育下一代是责无旁贷的责任，也是让灾区有明天、让灾民有希望的根本。"

九二一惨重的创伤，是台湾人民心中难以磨灭的痛，台湾人民的心，却也因此紧紧地凝聚在一起。山虽然秃了，桥虽然断了，路虽然塌了，屋虽然毁了，大地虽然变色了，但人们的爱心不颓，同胞的情义不坠，民众的信心不毁，重建的鲜明希望也不会变色。

我们敬畏大自然，但也坚信人性；我们无奈于大灾难的悲恸，但也自豪于在锤炼中萃取的自信。我们深知在往后的无数岁月里，仍然必须与地震为伍，但我们已逐步学会了和它的相处之道。我们不期望地震能手下留情，但我们期望人性的大爱弥补天地间的裂痕。

我们坚信大爱是抚平大难的良方妙药；"希望"，来自于人类的长情互助。在无尽的时间洪流里，潮来潮去，冲走的是海滩上的沙粒；沧海桑田，改变的是大地的面貌，但人类的情义，在天涯，到海角，必然无涯无际，天长地久，永不褪色。九二一大地震，见证了人类的大爱，也见证了世间永不凋零的情义，我们记取它，也勇敢地面对它，永远，永远……

# 忍让笙笛成绝响?

认识李旭先生与林添福先生两年了。他们给人的印象是热诚、沉稳,都有着南方的细腻与北方的豪迈;说起话来坚决果敢,是文人也是侠士。或许就是这种能文能武的个性,让他们无怨无悔,甘愿花了十几年的时间,栖惶于中国大江南北、荒山边陲的四十多个少数民族地区,见证少数民族的文化传统如何在激荡的时代变动中,苟延残喘与逐渐消失。

根据统计,中国有五十五个少数民族,每个少数民族都有他们的英雄史诗与神话传奇;有他们的男女恋歌与奇风异俗;有他们的特有服饰与生活方式。在这么多民族中,我们不能说哪一个民族是优秀的,因为每一个民族都是神话的主角,都是英雄的传人,都有值得讴歌与赞颂的事迹,所以每一个民族都是天地唯一,都是出类拔萃的。

其实,文化是一种生活方式、思维方式与传承方式的总和。文化没有高低,民族也没有良莠。历史告诉我们:这个世界所以缤纷亮丽,就是因为生命多元,文化多样。可是残酷的事实却告诉我们:地球的多元生命,正急速灭绝;人类的多样文化,正逐步趋向单一。缤纷的世界单调化了,强势文化压倒弱势文化,强势族群压倒弱势族群。少数民族的处境已被时空的快速推移,逼得退无可退了,他们的文化就像身处强风中的微弱烛光,奄奄欲灭了。难道这是生命界的必然、人类的宿命吗?

李旭,这位中国云南省社会科学院文学研究所的学者;林添福,这位来自台湾、活跃于两岸的摄影家，他们从一九八三年起就以人类学的研究方法，对少数民族的文化与传承、生活与变迁进行实地调查研究。他们不辞辛劳，翻山涉水，一步一脚印地深入中国各个省区最僻远的角落，用最直接的方式、最融入的接触，采访考察过包括中国独龙族、珞巴族、门巴族、塔吉克族、赫哲族、鄂伦春族、纳西族、哈尼族、怒族、佤族、羌族、仡佬族、布朗族、藏族、苗族等四十多个少数民族，记录了他们的家庭与寨区，他们的笑声与豪语，他们的歌声与舞姿，他们的奇风与异俗，他们的神话与传奇，他们的纯真与苦闷，他们的过去与现在。十多年来，李旭先生与林添福先生用他们的生命，用他们的真诚，尽量贴近这些少数民族的村寨，贴近他们的日常生活，他们乐此不疲地为这些少数民族留下些往日屐痕，也为他们的生活现况做出有力见证，创作了一本图文并茂的好书《地角天涯——中国少数民族纪行》。

在书中，我们似乎可以听到一首首怆然悠远的古歌，也似乎可以看到一幅幅苍茫暮色的身影，它们都象征着面对巨大变动的惶恐，以及无力阻挡的无奈。

在中国大陆，由于扶贫与赈灾的需要，我跑遍了大江南北，到过无数穷山恶水的地方，接触过许多面临艰难处境的少数民族。每次的接触，总有一种无以名状的感动，这种感动或许来自他们内心深处散发出来的纯真、无邪的魅力吧！那一种毫无心防、出自质朴的魅力，让我在它的笼罩下，也不得不敞开心门，接受那股亲切无比的感动。

诚如李旭先生在书中所写的，这些少数民族"一不会抢人，二不会骗，三不会杀人，四不会离开故乡"。人性中最有价值的真与善，就是少数民族千百年不变的本质。虽然身处边陲山区，山多土瘠，可是他们乐天知命、不轻言离开家乡的那份恋恋乡情，彼此相互关怀、互相依赖的那份浓浓情愫，不断编写成一篇篇动人的诗，也谱成了一首首几近绝唱的歌。

　　就是他们的执著，就是他们的坚持，他们才敢于采取以不变应万变的方式去面对时空递嬗的无情。在少数民族的寨区，有时我们似乎感觉到时间在这里停住了，而当我们回过神后，心中又产生了新一波的悸动。

　　想要捕捉一些少数民族的浮光掠影，想要一起体会那股心灵的悸动，这本书或许就是很好的指引。

# 神秘的雪域，歌样的民族

提起西藏，会让人联想起那是"雪域之地"，那是"众神之乡"。

千百年来，西藏一直像是冰清玉洁的丽人，带着神秘的面纱，让人莫测高深，欲窥真貌。

它又像是淡泊明志、遗世独立的隐士，傲立"世界屋脊"之上，让人仰之弥高，望之俨然。

多少人为了一窥这神秘之境的本来面目，不辞千辛万苦，穿过冰封的高山，来到了广袤的草原。不管他们盘桓多少时日，总还是空手而返，因为他们总是徘徊在神秘面纱之外，不仅未能登其堂、入其室，更未能把生命融于这众神之乡，让心灵与生活在这雪域之地的民众打成一片。

《经典》杂志总编辑王志宏先生，是位年轻的文化工作者，他不仅深入了雪域之地，而且用生命融入了这神秘之乡，用心灵咀嚼了它的人文之美与人性之善。《在龙背上——青藏高原十年纪行》一书就是王志宏先生深入雪域之地，融入众神之乡，体会藏族的人文之美后，哺吐而出的傲人成果。全书引人入胜之处，不仅在于用精美的照片，捕捉了青藏雄伟壮丽的外表，同时也用简洁的文字捕捉了深入外表的圣洁灵魂。

这是一本用生命与心力建构出来的结晶，我们可以把它当成一本书看，也可以把它当成一项巨大的心灵工程看，毕竟它是作者用生命、用血汗、用慈悲、用智慧、用快门、用文字，呕心沥血的杰作。

诚如作者自述心路历程说："《在龙背上——青藏高原十年纪行》一书里，搜集了我这十年来对青藏高原的记录，其间的重点则摆在高原的景观与风土人情等。"他又说："高原上的藏民现在如何生存着，才是我记录的重点。"

就是这种悲天悯人的情怀，就是这种尊重生命的胸襟，《在龙背上——青藏高原十年纪行》才变得有血有肉，有笑声，有泪水。

后来，《在龙背上——青藏高原十年纪行》再版了，它的再版绝对不是新瓶旧酒，也绝对不是新酒旧瓶，他有所推陈与出新，也有所坚持与保留。作者以援助藏族牧区医疗的迫切性而起心动念，又以这种悲天悯人的起心动念而接触了青藏高原，再以接触了青藏高原的特殊情感转而对生活在高原上的生命产生了敬意，这就是为什么作者自一九九五年在四川甘孜州理塘县实施医疗援助以来，年年总要抽空重返青藏高原的原因。

我和青藏高原也有数面之缘。一九九五年冬，青海严重雪灾，摄氏零下四十七度的酷寒，牲畜冻死无数，尸骨遍野，凛冽的气候也让广阔的草原寸草不生，许多牲畜即使逃过冻死的厄运，也逃不过饿死的命运。这场百年不遇的特重雪灾，确实让原本生活就已非常艰困的藏民，雪上加霜。

慈济基金会得知消息后，在证严上人的指示下，立即组织勘灾小组前往受灾最重的玉树地区勘灾。玉树地区海拔四千五百多米左右，从青海省会西宁市到玉树必须翻过海拔五千六百多米的巴颜喀喇山。气候冷冽不说，五千多米的海拔高度让勘灾人员吃尽苦头。高山反应的头疼、心悸与呕吐，加上沿路颠簸，不仅我们深受其害，就连和我们一起同行，打算一路照顾我们的当地医师也在严重的高山反应下，必须接受我们的关怀与照顾，可见生活在世界屋脊上，要甘之如饴多么不容易啊！

要想步上青藏高原不仅需要体力,而且需要勇气;要想在高原上触动心灵,得到感动,不仅需要恬淡,也需要至高无上的爱。

其实从生活在高原上的每一个人身上,我们都可以得到许多的启示与感动,他们的知足与淳朴、乐观与善良,都足以让我再三检讨与静心省思。

青藏高原上的人们所以知足与善良、乐观与自在,和他们虔诚的信仰有很大关联。曾经有人这样说:"在这雪的世界,住着人,也住着神,人离不开神,神也离不开人。"这话一点没错,西藏人民,他们唱歌、他们跳舞、他们演戏,似乎都与神有千丝万缕的联系。他们的庆典节日,是娱神,也是娱人,神高兴,人更高兴。如果把宗教信仰从西藏人民的生活中抽离,他们的精神也就枯萎了。

那红墙金瓦的寺院、那藏红法衣的喇嘛、那瑰丽明艳的唐卡、那能歌善舞的妇女、那犷达豪迈的康巴、那天真无邪的藏童,还有那碧蓝的天、那翠绿的草、那白雪覆顶的高山、那绿水环绕的涧水、那温驯耐寒的牦牛、那奔驰草原的马上雄风,无一不令人神往与悸动。

多么嘹亮啊,这民族的歌!多么雄壮啊,这歌的民族!多么美丽啊,这神秘的雪域!多么蔚蓝啊,这众神的天空!多么让人心醉啊,这圣洁的土地!

对于这样让人向往与渴望的地方,能亲临其境最好,不能亲履斯土也不必遗憾,《在龙背上——青藏高原十年纪行》这本书,也许能弥补您稍许的缺憾。

# 策马西域古道，再履玄奘足迹

有两本书，似一而二，似同而异。

《西域记》与《西游记》有共同的记述主角：玄奘法师；有共同的故事主轴：印度取经。但《西域记》绝非《西游记》，《西游记》也绝非《西域记》。

所谓"内行看门道，外行看热闹"，古有明训。

要了解玄奘法师其人，要知道天竺取经其事，从《西域记》中可以看出门道，在《西游记》里可以看到热闹。所以《西域记》是给内行人看的，《西游记》是给外行人看的。

但很遗憾的，现在提起玄奘法师，就会让人想起唐三藏；提起唐三藏，就会让人想起唐三藏西天取经；提起唐三藏西天取经，就会让人想到《西游记》。玄奘法师印度取经的故事，正宗的《西域记》反而被束诸高阁，而冒牌的《西游记》却大行其道，岂不让人感叹。

当然论通俗，吴承恩笔下的《西游记》，确比由玄奘法师口述，其弟子辩机笔录的《西域记》来得通俗；论可读，《西游记》无拘于现实世界，遨游于神鬼幻境，确比《西域记》来得可读。《西游记》里虚构人物当道，不仅有降妖伏魔的孙悟空，有好吃好色、恒受物欲支配的猪八戒，有经常保持缄默、偶尔当和事佬的沙悟净，更有群魔乱舞、众妖蛊惑、光怪陆离、神鬼幻化的情节。

不论是"孙悟空大闹天宫"，或"孙行者扫荡群魔"，全书洋洋洒洒一百章回的巨著里，回回都是神幻，章章都是无稽，要多热闹就有多热闹,要多离奇就有多离奇,但绝大多数都是荒诞不经,怪异虚拟,偏离史实甚巨,所以《西游记》充其量只能看做是中国的"天方夜谭",村夫的"乡野传奇",聊供饭后闲谈、茶余助兴的话题。

《西域记》就不同了。《西域记》是《大唐西域记》的简称,是唐朝玄奘法师亲履其境、亲口叙述的印度取经历程。所以说它是一部冒险杂记也可,说它是一部旅行游记也可,说它是一部西域考察记也可,说它是一部留学随笔也可,说它是一部西域风物志也可,说它是一部西域佛迹览胜也可,说它是一部历史与地理的巨著也可。总而言之,这本曾获唐太宗激赏,并表示将放在身边随时阅读的好书,千百年来虽然时移势易,时过境迁了,但其价值仍然历久不衰。

早在一千多年前,与玄奘法师同朝代的燕国公于志宁,在《大唐西域记》的序文里就曾这样称赞玄奘法师:

> 具览遐方异俗,绝壤殊风,土著之宜,人伦之序……著大唐西域记,勒成一十二卷。……立言不朽,其在兹焉。

这部大约十二万字的《大唐西域记》,总共记载了当时西域近一百四十个国家的山川习俗、风物圣迹。唐朝的秘书著作佐郎敬播,在他的一篇序文中说:

> ……亲践者一百一十国,传闻者二十八国,或事见于前典,或名始于今代……其物产风土之差,习俗山川之异,远则稽之于国典,近则详之于故老……名为《大唐西域记》,一帙十二卷。

不论唐太宗鼓励玄奘法师撰述《大唐西域记》的动机如何,目的何在,也不论玄奘法师著述《大唐西域记》是否旨在宣扬佛教,或志在教化国君"唐太宗",为弘扬佛法创造有利条件,但有一点可以确认的是:玄奘法师的西行,为东西文化交流,做出既深且巨的伟大贡献。

后世学者评论玄奘法师的成就,往往仅着眼于佛教的弘扬与广传,只看到玄奘法师西行取经,归国译经,拘囿于宗教的思维,缺乏文化的宏观。其实玄奘法师的成就与贡献是全方位的,所产生的影响既纵深且宽广。纵深指时间而言,宽广指空间而说。

就时间来说,一千三百多年过去了,多少世代兴替,多少物换星移,但玄奘法师留下的思想宝库与文化遗产,仍然熠熠生光,尤其他那种为道不惜舍身、求学不怕艰难、志坚如石、气柔如水、不畏横逆、谦恭自牧的哲人形象,早已深植人心,并化为典型,千年传诵,不绝熏化了。

就空间来说,科技文明几乎已使整个地球变成一个村落了,相对于古代,过去地理上的距离,现在已不算是距离了。东西双方,商贾往来,物通有无,游客穿梭,文化交流,政治捭阖,人民互访,一夕万里,朝发暮达,关山不再是险阻,长河不算是障碍了。

但遥想玄奘当年,东西往返,依靠步行,全赖兽力,而沙漠绵亘千里,高山壁立万丈,大江波涛汹涌,人烟渺渺荒凉,玄奘法师要越沙漠、翻高山、穿湍流、过险关,夏日艳阳炎炎,冬天白雪皑皑,有时黑风飒飒,有时秋霜肃肃,其间又要历经多少困顿,一路又要遭遇多少危难。而西域小国林立,风俗各殊,语言迥异,种族不同,国情有别,如果没有过人之才,胜人之智,又如何能历险而不乱?处变而不惊?

诚如北大教授,也是研究《大唐西域记》的权威学者季羡林先生所说:"《大唐西域记》是一部稀世奇书,其他外国人的著作是很难同这一部书相比的。"因为《大唐西域记》帮助我们解决了许多历史上的疑难问题，想要了解古代和七世纪以前的印度，仍然只能依靠这一部书，而要知道古代西域的各国国情、风俗、信仰、语言、文化与经济商旅实况，依然还是要靠这部书，可见《大唐西域记》历史意义的重要与学术地位的崇高了。

毋庸置疑的，玄奘法师在中国佛教史上是一个继往开来、承先启后的关键性人物，不论是佛经的翻译，还是佛教教义的发展，他都做出了划时代的贡献。尤其在促进中印双方的相互了解与思想文化交流方面，他的成就更是举世无双、无与伦比。古诗云：

哲人日已远，典型在夙昔；
风檐展书读，古道照颜色。

季羡林教授给玄奘法师的评语是："玄奘法师是一个运用语言的大师，描绘历史和地理的能手。"我们则认为：玄奘法师愿比天高，志比石坚，是语言的天才，哲学的巨匠。他翻译佛经七十五部，著述《大唐西域记》一十二万言，其哲人的身影虽然离我们渐远，但为法忘躯的典范，离我们却愈来愈近。他当年通往西域的道路，或许已古径荒草，沙掩尘埋，但千百年的岁月，古道依然日出日落，长空依然月圆月缺。展书缅怀，梦萦神游，"一钵千家饭，孤僧万里游"的影像忽然历历在目，思古之幽情，已悄悄跃然于心了。

《经典》杂志为了对读者做出最大的回馈，也为了在创刊五周年之际，能对社会大众做出最大的献礼，不惜投下巨额资金，不吝动用庞大人力，历经两年的企划与采访，以《大唐西域记》为蓝本，策马西域古道，追寻着玄奘法师当年的足迹，重履斯路，重践斯土。

虽然哲人已故；虽然斯景全非；虽然当年西域诸国，几经兴衰，风华褪尽，国名不再；虽然宗教信仰流变无常，佛教胜迹崩没难寻；

虽然国土危脆，国界更移，当年盛事，今已消寂，但抚今追昔，临江悼往，登台怀古之余，对玄奘法师千山独行的风范，谁能不心向往之？对"古道西风瘦马，断肠人在天涯"的悲壮，谁能无动于衷？

　　火山五月行人少，看君马去疾如鸟；
　　都护行营太白西，角声一动胡天晓。

　　走马西来欲到天，辞家见月两回圆；
　　今夜不知何处宿，平沙万里绝人烟。

　　这是唐朝诗人岑参两首描述边疆的诗作，前一首写的是五月如火的炙热气候，后一首诉说的是茫无人迹的沙碛荒漠，当然诗人也曾写下"北风卷地白草折，胡天八月即飞雪"的句子，在在佐证了孤僧西行的难度与苦处，倍增我们对玄奘法师的崇敬与感佩。

　　这本《经典》杂志全体编采同仁沥血之作《西域记风尘》，除了有《经典》同仁精淘细沥的图文佳作外，更有两岸权威学者专家的挥笔助阵。他们句句言而有征，字字再三推敲斟酌，可谓篇篇掷地有声，增益了这本书的权威性与可读性，最是难能可贵。在此，我们特别要向他们致上无限谢意，也要向所有读者做出强力推荐。

# 台湾特有种的艳丽与风华

世界上每一个人都有名有姓。

所谓姓，就是表明一个人所属的家族与家族系统的符号。

所谓名，就是对一个人的称呼。

"姓名"既标明了一个人所出自的家族，也标示了自己所拥有的称号。

于是"行不更名，坐不改姓"，就成了豪气干云、自我认同的豪语，谁要想改他的姓，变他的名，他就会认为是对他的一项奇耻大辱，必然奋起抗争，甚至宁死不屈，以示志节。

百家姓中，我们都知道有人姓赵、姓孙、姓李、陈、张、王、蔡……就是没有看见有人姓"台湾"的。正因为如此，出版本书才会更具非凡的意义。

"我们姓台湾"是表明某些动植物所从属的生态状况，它们生于台湾，长于台湾，千百万年来始终不改其姓，除了台湾，它们几乎一无所有，它们是台湾的特有种，世界虽大，它们只在弹丸之地的台湾安身立命，只在台湾出现踪影。

所谓"特有种"，依生物学的定义是：某一物种因为历史、生态或生理因素等，其分布仅自然繁衍于某一局限的地理区域，而未在其他地区出现时，称此物种为该地理区域的特有种。

它的意思用通俗的语言说，就是"仅此一家，别无分店"。所以所谓台湾特有种，就是台湾所特有的物种，除了台湾，世界其他地区遍寻难觅。

十六世纪台湾曾被葡萄牙人称誉为福尔摩沙（Formosa），它的意思不只是"美丽之岛"而已，同时也代表着一种孕育缤纷生命的动植物乐园。或许我们生于斯、长于斯，久在馨兰之室而不闻其香，没有觉知到台湾物种之茂与特有种之盛。

根据"中央研究院"植物研究所的《台湾生物资源调查及资讯管理研习会论文集》、"行政院"农业委员会特有生物研究保育中心资料与"行政院"农业委员会林业处保育科资料等研究文献显示，台湾动植物种类多达三万六千八百八十多种，而属于台湾特有种的就有一万两千三百多种，特有种占台湾动植物总数的比例高达百分之三十三以上，这就足以说明，台湾虽是蕞尔小岛，特有种之多，实属世界罕见。常常自诩为台湾人的我们，难道不应对它们珍之，宝之，爱之，护之，惜之，疼之吗？

这本书虽以"我们姓台湾——台湾特有种写真"为名，但并不能道尽所有台湾特有种的生态与属性，只能就其中择一小部分，作为台湾生物界的一扇橱窗，用以透视台湾生态的特殊性与缤纷性。所以这本书的内容虽不能涵盖所有的台湾特有种，但也不拘泥于生物学定义下的"台湾特有种"，它还包含了未来可能发展成为台湾特有种的"特有亚种"。

全书编排分为《水之涯》、《天之翅》、《山之野》、《地之歌》四部，每一部，除了用文字翔实记录了具有代表性的台湾特有种与特有亚种动、植物外，并配以弥足珍贵的精彩照片，让读者不必越高山、涉深水，就能身临其境与台湾特有种比邻对话，欣赏它们坚志不移、立足台湾的那股韧劲与风华。

最后要提醒读者的是，当我们在吟诵台湾生物界种类之丰、之盛、之美的同时，千万不要忘记向那些为发现台湾特有种，深入蛮荒的国内外探险家们，与为研究台湾生物付出心力的学者们致上崇高的敬意与谢意。当然我们更要对那些栖栖皇皇、致力于保护台湾原生与特有动植物的保育人士，寄上无限的感恩。台湾生物界如果缺少了他们，势必暗淡了许多，只因有了他们，台湾的生物界才能更加璀璨亮丽，台湾的特有种才更缤纷耀眼。

# 群龙狂啸的年代

作为学术性的研究，恐龙的考古与探究，已进行多时。但作为引起世人对恐龙广泛的兴趣与关心，一部《侏罗纪公园》电影，激起了历久不衰的恐龙热潮。

恐龙，这种曾经主宰地球生物界亿万年的庞然大物，突然在距今六七千万年的白垩纪销声匿迹，引起了科学家的好奇与争议。恐龙何以会在地球横行亿万年后，终至灭绝，原因固然成谜，但近一百多年来，恐龙化石不断被挖掘与被发现，恐龙大灭绝的真相，已有呼之欲出的征象了。自诩为万物之灵的人类，虽然无缘与恐龙同代共存，可是经由各种相关领域科学家的通力合作，恐龙生灭的层层迷雾已一一拨开了，一个慢慢清晰的"侏罗纪世界"逐渐呈现了，透过计算机的三D动画与科学家依照恐龙化石所建构起来的骨架模型，经验丰富的恐龙插画家，已能栩栩如生地掌握"恐龙世界"的概貌了。当我们看见各种各样的恐龙插画或电脑模拟合成的恐龙三D动画画面时，我们不禁会把思绪拉回到一亿八千万年前的"侏罗纪"时代，神游那"群龙在野"的啸声与狂野。

我们不知道"恐龙"和中国人所尊崇的"龙"是否有关系，但提起恐龙，总难免让人联想起中国人心目中神圣而神秘的龙。

千百年来，中国人都把"龙"奉为至高无上、不可侵犯的图腾，中国人动辄就说自己是"龙的传人"。古代皇帝称自己是"龙"的化身，所以皇帝穿的衣服叫"龙袍"，坐的椅子叫"龙椅"，睡的床铺叫

"龙床"，他的后代叫"龙种"，祖先所葬的地方称"龙穴"。而一般老百姓也都希望育儿能成龙，养女能成凤。龙的崇高地位，在中国人的心目中历久不衰。

《易经》是中国最古老的经书之一，在《易经》中也有不少有关"龙"的字句，例如"潜龙勿用"、"见龙在田，利见大人"、"或跃在渊"、"飞龙在天，利见大人"、"亢龙有悔"、"见群龙无首，吉"、"龙战于野，其血玄黄"等，这些辞句都在乾卦与坤卦的爻辞中分别出现。《易经》被中国人视为一本神秘难懂的经书，或许我们无须牵强附会将中国人有关龙的概念，和近代所谓的恐龙混为一谈，但古人有关龙的神话与传说，确也可以为我们增添一些对恐龙世界的鲜活联想。

生活在地球上的人，不了解地球的历史与生态，其荒谬程度犹如生活在一个家庭里，不了解家庭的成员与历史一样。但事实上要了解地球的历史及其自远古以来的生态，又谈何容易？何况像"恐龙"这样的动物，它既先于人类而存活于地球上，又先于人类之出现而灭绝于地球上，我们实在难以想象"群龙狂啸"的实境与"龙战于野"的惨况。好在"恐龙"化石为我们留下了蛛丝马迹，让我们能从古生物学家的挖掘研究中，对"恐龙世界"有个粗枝大叶的认识与了解；否则恐龙的狂野与霸气，就真相难明，而其惨遭灭绝的遭遇也要沉冤莫白了。

《经典》是一本重视人文、历史与科学生态的杂志，为了让读者对恐龙世界与其灭绝的情形有一梗概了解，不惜巨资，派遣资深采访人员，兵分三路，不畏旱荒大漠，不惧风雪冰原，横跨亚洲与北美洲，直捣恐龙的原乡，实地探访恐龙古生物学家现场挖掘恐龙化石的情形，并透过他们已有的研究成果与对"侏罗纪世界"的推论与想象，敦请经验丰富的插图专家，将一亿多年前侏罗纪时期的恐龙世界做了虚拟实境的呈现。或许这些虚拟实境的插图，无法重现当时恐龙世界的真实景象，但无论如何，至少它能让我们神游其境，增添我们对"侏罗纪"时空与景物的想象空间。

而采访人员经过漫长时间的深入与精心采访，其专题报导分别在《经典》第四十二期、第四十三期与第四十六期大篇幅刊出，引起读者的广泛注意与好评。随后更进一步把这些报导做有系统的汰芜存菁，并补充了一些应有的材料，出版了这本《见龙在田——恐龙现形记》专书，让对恐龙的生存与灭绝有高度好奇的读者，或对恐龙时代的地球生态有高度兴趣的人，都能透过这本书深入浅出的指引，对地球的远古过去，有更深一层的认知。而书中的照片与插画，或许也有助于读者对群龙在野的神游与想象。如果能借此牵动大家对恐龙世界的关心，进而引发对未来地球生态何去何从的省思，也许就是这本书出版的另一收获了。

# 吟唱这片在风中摇荡的绿叶

　　时势推移，世代更替，许许多多发生过的事相，在不知不觉中快速远离了。

　　——于是，随着时间的飘逝，过去发生的事相愈来愈模糊了，模糊到可以各说各话了。

　　——于是，历史在各说各话中，真中有假，大假似真，巷议街谈，真假互见，让人不知何者是真、何者是假了。

　　——于是，稗官野史，倾巢而出，臧否人物，随意挥洒，历史的迷雾指数增加了，历史的真相也更加模糊了。

　　研究历史的人都知道：历史，都有它的隐晦处，也有它的难明处。即使是面对当代历史，由于意识形态迥异，也由于价值判断有别，有时都难免难以理出真相；何况是情移势变，时过境迁，证据日益湮灭，传说日益纷纭的百千年历史，其争议性也就必然与日俱增了。

　　近一二十年来，台湾本土意识渐炽，过去被钦定并视为主流的台湾史书，一夕之间，饱受颠覆，台湾历史的再研究、再定位，一时也俨然成为显学。

　　诚如连雅堂先生在《台湾通史》一书自序中所言："台湾固无史也。荷人启之、郑氏作之、清代营之，开物成务，以立我丕基，至今三百有余年矣。"其实，台湾的历史岂止三百余年而已，只因"台湾固海上之荒岛尔"，所以在"西力东渐"之前，台湾被视为化外之岛、蛮夷之域，历代何曾给予应有的重视与关怀？

自海运开通，殖民主义盛行，西人纷至沓来，台湾虽蕞尔小岛，但"运会之趋，莫可阻遏"，除了西、荷之争外，尚有英人之役、美船之役、法军之役、中日之役，外交兵祸，相逼而来，台湾的战略价值日显重要，台湾的历史定位渐受瞩目。

《风中之叶——福尔摩沙见闻录》作者兰伯特（Lambert van der Aalsvoort），荷兰人，是位从事旅游写作与摄影的自由作家，他之所以对荷兰统治台湾的历史产生兴趣，缘于大约二十年前，他在垦丁附近旅游时，偶然发现一间奉祀"荷兰八宝公主"的小庙而引发的。此后，他不断在欧洲找寻自十六世纪以来有关台湾的版画与地图，也不断接触东印度公司的史料，并致力于台湾与中国特殊历史文物的搜集，从中领悟到三百多年来，台湾的命运如同风中之叶，随风飘零，何去何从，难能自主，这或许就是台湾的痛、台湾人的悲哀吧！

当然，我们不能以兰伯特先生的感觉为感觉，因为兰伯特先生是荷兰人，而荷兰又曾在十七世纪殖民过台湾，左右过台湾的命运，以这样的情结来感觉台湾的命运，难免会有情感上与认知上的落差。然而如果我们能换个角度，把他的见解当作是一个旁观者的观点来思考，也未尝不是为我们指出一种另类思维的新方向。

这本书是一本十六世纪至十九世纪三百多年间，外国人对台湾片段观察、汇集而成的一些记录。这些记录，不管是图与文，我们固然不必期待它全然为真，但这些吉光片羽，至少可以提供我们了解三百多年来外国人眼中的台湾，究竟像什么模样。

不可讳言的，这本书最能引起读者兴趣的，恐怕是那些十七、十八世纪有关台湾的插画了。这些插画确实可以增添读者的想象空间，但诚如其审订者陈国栋教授一再提醒的："那些插画，说真的，其实不完全是当时外来观察者的作品。插画家只是根据原作者的叙述，用图画帮忙读者想象。"所以读者在阅读时，对于图象只能作为扩大想象空间的工具，不能完全就其表象加以解读。

话虽如此，我们仍然要肯定这本书的出版，一来这是作者花了很长时间的搜集，很大工夫的研究，才获致的成果；再者，陈国栋教授的用心审订与导读，增加了读者阅读的清晰度，给读者带来很大的帮助与启发。

# 风流消尽，空留追忆的长江三峡

提起长江三峡，会让人联想到断崖天险；提起长江三峡，也会让人联想到急流湍滩。

朝辞白帝彩云间，千里江陵一日还。
两岸猿声啼不住，轻舟已过万重山。

唐朝诗人李白的千古绝唱，已在世人的脑海深处，烙下了长江三峡"山峦叠翠，猿哭猴啼，湍流天险，轻舟箭驶"的难灭印象。这就是地理的三峡。

而唐代另一伟大诗人杜甫的名作《登高》：

风急天高猿啸哀，渚清沙白鸟飞回；
无边落木萧萧下，不尽长江滚滚来。
万里悲秋常作客，百年多病独登台；
艰难苦恨繁霜鬓，潦倒新停浊酒杯。

他借登高抒怀，透过精粹简练的文字，把苍郁壮阔、壁立千仞的地理三峡，转化为悠悠我心、昭昭日月的文学三峡。

当然，作为文学的三峡，不是自杜甫开始，长江"系出名门"，在杜甫之前与杜甫之后，还有无数的文人吟唱着长江的壮丽、三峡的险阻与世代的兴衰、亲情的离合。于是，屈原、宋玉、贾谊、李白、杜甫、刘禹锡、白居易、欧阳修、苏东坡、陆游等文学大家的名字，就和这条名江结下不解之缘。

江，因文学的妆点而更加瑰丽脱俗；文，因名江的助势而更能留传后世，名江与文学家可谓相得益彰了。

宋朝苏东坡，是位宦途失意的政治家，但却是文坛熠熠耀人的文学家，他那悲壮的《念奴娇·赤壁怀古》词作，千百年来，不仅人人竞相传诵，且确能深触善感文人的多愁心绪。

> 大江东去，浪淘尽，千古风流人物。
> 故垒西边，人道是，三国周郎赤壁。
> 乱石崩云，惊涛拍岸，卷起千堆雪。
> 江山如画，一时多少豪杰。
> 遥想公瑾当年，小乔初嫁了，雄姿英发。
> 羽扇纶巾，谈笑间，樯橹灰飞烟灭。
> 故国神游，多情应笑我，早生华发。
> 人生如梦，一尊还酹江月。

无穷的感怀，千古的慨叹，我们不知有多少文人雅士因吟诵这大气磅礴的诗篇而壮志凌云；也不知有多少英雄豪杰因唱和这热血奔腾的悲歌而仰天长啸。但我们知道这阕怀古的绝妙好词，已把地理的长江、文学的长江，推向了历史的长江、怀古的长江了。

《三国演义》是部脍炙人口的古典章回小说，它把那段汉末三国鼎立的乱世史实，用稗官野史的手法，写活了忠与奸，彰扬了情与义，牵动了无数中国人的心，影响了数百年来对三国人物的褒与贬。

滚滚长江东逝水，浪花淘尽英雄。
是非成败转头空，青山依旧在，几度夕阳红。
白发渔樵江渚上，惯看秋月春风。
一壶浊酒喜相逢，古今多少事，都付笑谈中。

魏、蜀、吴三国之间的合纵连横，君臣将相之间的忠孝节义，乱世儿女之间的爱恨情仇，在作者罗贯中的巧思铺排与生花妙笔的细述下，让读者时而喜，时而忧，时而悲，时而壮；时而开怀长笑，时而热泪盈眶；时而拍案奋起，时而掩卷叹息。罗贯中以一部《三国演义》强化了长江三峡的传奇，把长江三峡又从地理的三峡、文学的三峡、历史的三峡，推向忠义的三峡、传奇的三峡。

传奇的三峡，在历史考古学家的眼中，始终笼罩在烟未消、云未散的迷雾里，断崖行人的古栈道，万丈洞葬的古悬棺，还有那古籍记载的巴族传奇，乡野传唱不断的巴人传说，让人有急于寻找巴人足迹的冲动。

一群锲而不舍的考古学家，终于在涪陵小田溪发现了一个战国时代的巴王陵墓，历史学家急于揭开长江三峡古文明神秘面纱的心情是那样迫切。

但一直以来，悬棺何来之谜，巴人何从之雾，仍然众说纷纭，悬而未解，长江三峡又平添了一股浓浓的神秘色彩。酆都鬼城、巫山神女峰等等的仙神鬼怪奇谈，长江三峡又被渲染成神话与神秘的三峡了。

其实这条横卧中国南方的蜿蜒巨龙，不因人褒而荣，也不因人贬而辱；这条源自世界屋脊，发自中国龙背的神江圣河，亿千百年来，在地球几度物换星移中，历经无数次的沧海桑田，饱尝无数次大自然的无情锤炼，从无数次的崩落沉浮里，淬炼出那出类拔萃、傲古烁今的沉稳与高贵。

源远流长，不舍昼夜的滔滔巨流，就像大地的母亲用她源源不绝的乳水，哺育了天下苍生，孕育了璀璨文明。它用慈母的宽容，怜视着人事的代谢与世代的兴替；用严父的慈悲，抚慰着苍生的苦难和生命的创伤，岁岁年年，无怨无悔。

　　现在，这一切都将要改变了，长江三峡水库的建成，将使自然的三峡变成了人工的三峡，脱俗的三峡变成了庸俗的三峡，历史的三峡变成了商业的三峡，古文明的三峡变成了防洪的三峡，传奇的三峡变成了发电的三峡，文学的三峡变成了经济的三峡。历代中国的统治者都在作富民强国的千秋大梦，现在终于拿长江三峡开刀了，这一刀划得很深、很长、很广，千年文物古迹从此沉埋江底，历史风流人物从此烟消云灭。传奇不再传奇了，忠义不再忠义了，天险尽失，灵性尽丧，三峡面目全非，已非昔日的三峡了。

　　就工程而言，无疑的，三峡水库工程是项艰巨的工程，二十个区县市，六百三十二平方公里的土地被淹没了，逾一百一十三万民众被迁移了，为的就是要成就一个总容量三百九十三亿立方米的巨大水库。

　　将来水库建成了，免不了又会是一番丰功伟业的宣传与歌颂，但那秦砖汉瓦、唐诗宋画、古城老街、历史传奇，还有那风霜岁月积褶了满脸皱纹的老人、衣着朴素的村姑、墙上的绿苔、地面的石板、忠义的乡情、浑厚的村风，都将退出三峡的历史舞台，让人空留回忆了。

　　为了让世人将来能够临江凭吊，也为了留给世人更多的三峡追忆，《经典》杂志特别邀请了文字工作者、田野调查工作者、考古工作者等领域的专家，透过实地的采访、多方的搜集以及近十年来对兴建三峡水库的论证史实，做了一番的整理和撰写，配合三百幅的珍贵图像，精心编辑成《三峡记》一书，作为三峡生态巨变的见证，也作为后世空留回忆的善本。

或许将来人们习惯了、淡忘了、远离了、烟消了,一切都像未曾发生过一样,但"今人不见古时月,今月曾经照古人"的天上明月,对此巨变也会感伤得空留回忆吧!面对清风明月,面对历史长河,我们能不戚然?

# 用心走进现实,用情贴近自然

《经典》杂志总编辑王志宏的两本书,一本是《香格里拉以西》,另一本是《须弥山之东》,都是王总编辑一步一脚印,登高山,涉大水,忍寒熬热,前进极地,深入荒漠,用犀利的镜头、优美的文字、敏锐的观察、同理的慈悲,精心细腻撰写与铺排的呕心之作;忝为文化界的一分子,我当然有责任要大力推荐像这类深具人文内涵、含纳大自然之美的好书,真希望它能够引起广大读者的共鸣,触发大家对人类文明进程的反思。

"香格里拉"这个名词,与其说是一个地名,毋宁说是一个概念。因为地名要有确切的地点,香格里拉究竟坐落在何方,谁也不能肯定,尽管报载中共中央国务院同意云南省中甸县更名为"香格里拉"县,但"香格里拉"之争未必就此"定于一尊",何况即使该县获准更名为"香格里拉",未必就是原来所要传达的那个"香格里拉"。

我们说"香格里拉"是一个概念,是因为它是一种人类对生存理想境界的向往。香格里拉源自藏传佛教的经典,藏语称为"香巴拉",意思是"怀抱在幸福之源的地方"。一九三三年,英国作家詹姆士·希尔顿(James Hilton),出版《失落的地平线》(*Lost Horizon*)一书,书中描述"香格里拉"是一个风和日丽的地方,有澄碧的蓝天、漫山的花朵、神秘幽静的寺院,远处雪山熠熠,近处溪声潺潺,生活在那里的人善良而祥和,互助而无争。没有贫穷,没有困苦,没有疾病,没有仇恨,没有死亡,是一个虚无缥缈的人间天堂与世外桃源。像这样的地方，理论上只有天上才有，人间何处可追寻，所以我们说它是人类理想生活境界的一种概念。

但王总编辑《香格里拉以西》这本书，并不是在描述"香格里拉"的那份祥和与宁静，而是在泣诉偏离"香格里拉"理想境界中人世间的纷争与苦难。

书中《阿富汗战火浮生记》一文，我们看不到祥和与互助、安乐与互谅，看到的是苦难与惊慌、仇恨与争战。阿富汗，这个令人心碎的国家，二三十年来，外患与内战交相摧残，天灾与人祸纷至沓来，民生凋敝，国家残破，人民的生命遭受旷古罕有的严重侵害与威胁。表面看起来，这是阿富汗的悲哀，实际上，这是人类的悲哀，是人性的悲哀，是人类文明发展过程的败笔。

王总编辑冒着生命的危险，数度进出阿富汗，为的就是要用镜头见证人类这段不能、也不可抹灭的历史，要用悲心抚慰备受惊吓与饱尝辛酸的生命。他和慈济基金会的人道救援小组，克服重重难关，闯过处处危机，带着满心的关怀与大量的物资，直接拥抱战火余生的生命，传达来自台湾与全球慈济人的善意与关心。书中每一张照片，都是悲惨世界的历历见证；每一段文字，都是黑暗时代的斑斑血痕。

此外像《朝鲜的冬天》《埃塞俄比亚难以形容之痛》《象牙海岸的街头游童》与《藏族牧区医疗援助纪实》等，都是作者细腻观察与悲悯参与的忠实记录，他企图用淑世的精神拥抱苦难苍生的情怀，跃然纸上。

和"香格里拉"一样，"须弥山"的象征意义，要比实质的意义大得多。在佛教经典里，"须弥山"是座圣山，是众善所积的大山，有经文为证："须弥山，天帝释所住金刚山也。秦言妙高，处大海之中，水上方高三百三十六万里。""须弥，此言妙高，亦名安明，亦言善积。""须弥山，唐云妙高山，四宝所成，故曰妙；出过众山曰高。或云妙光山，以四色宝光明各异照世故，名妙光也。"

可见须弥山是座象征圣洁、庄严、至高、至善、至妙，光照四方、众所景仰的众神之山，也是座虚拟实境的众圣之山。

虽是虚拟实境，但在西藏普兰县境内的岗仁波齐，就有这么一座人类心灵幻化出来的大山，它是崇信佛教藏民心目中的须弥山。这座"珍贵的雪山"海拔六六五六米，是冈底斯山脉的主峰，高耸入云，终年雪封，是圣洁之地，也是雪山之王。既然它被认定是至妙至洁的圣山，就有成群、成队的朝圣者终年络绎于途，前往瞻仰。他们代代相传着："围绕岗仁波齐转山一圈，可以洗净一生罪孽；转山十圈可以在五百轮回中免受地狱之苦；转山百圈可以成佛升天。"所以绕转该山，就成为藏民的毕生大愿。

传说当然不足信，但藏民的虔敬与勇猛，却相当悲壮。他们携家带眷，餐风饮雪，日行匍匐，夜宿陋篷，翻山越岭，千辛万苦，争相前来转山，为的就是一偿宿愿，这份惊人的虔诚与毅力，不仅让人动容，也让我们对这座明知是虚拟现实的圣山，更增添几许的崇敬。

《须弥山之东》就是王总编辑把对大自然的敬畏之心，投射于他所行经的天涯与地角、极地与沙漠。《南极札记》一文是王总编辑用生命记录了如何航向地球南方极点的艰险过程，从他的日记里，我们依稀可以体会出作者历险归来的那份悲壮。

而《洞中之城——访现代山顶洞人》一文，则是一篇忠实而深入的调查报导，呈现中国大陆云贵高原边缘地带贫困山区的少数老百姓，洞中日月的艰辛苦况。或许生活在现代城市里的人，很难想象"上古穴居"的情境，但云南省广南县的山区，却仍然有五十四户人家过着穴居的生活，他们祖祖辈辈以洞穴为家，据说已有一两百年了。是什么原因让他们过着穴居的生活，又是什么原因让他们野外穴居而却甘之如饴呢？难道这又是另类的桃花源吗？

进出了极地,走访了山区,王总编辑也曾在沙漠上踉跄前行,《塔克拉玛干沙漠——和田至若羌一线的考古记行》,将我们推上一部时光机器,沿着时光隧道,刹那间把我们从现代拉回到一两千年前的过去。

　　从和田到若羌,虽然沙丘粼粼,但散落遍地的古代碎陶与破瓷、残垣与颓壁,无不在诉说着危脆国土的陈年往事与无常世间的代谢苍凉。"眼见他起高楼,眼见他楼塌了",这样的悲怆、这样的无奈,都在滚滚的沙阵中,风化了,腐蚀了,掩埋了,葬送了;兴盛与消亡、辉煌与衰退都在历史的灰烬中,随风飘逝了,谁又在乎它过去的风风雨雨和未来的是是非非?

　　总而言之,《香格里拉以西》《须弥山之东》,已不仅是两本图文并茂的书了,它们的每一张照片、每一段文字,都已化为一首首诗、一阕阕词、一曲曲歌,让人乐于低吟与高唱。而它的词韵与诗意、歌声与旋律,都足以让人在心灵中不停回荡。这或许就是作者用生命、用至诚、用人性中的至善至真换来的魔力吧!

# 一章尚未休止的悲壮史诗

　　放不下，放不下你的诗篇，
　　收不起，收不起我的思念，
　　理不直，理不直你的千肠百转，
　　压不住，压不住我心中的波澜。
　　多么重，你的别情离绪，
　　我的肠挂情牵。
　　你回乡的路走不尽，
　　我相思的云望不断。
　　多么苦涩，你的点点滴滴，
　　我的滴滴点点，
　　滚在你的枕边，
　　湿了我的稿笺，
　　相别容易相会难啊，
　　唯有梦中见……

——雁翼《致诗人陈义芝君》

　　这是一首大陆诗人雁翼回应台湾诗人陈义芝《思归赋》的诗。诗中隐含的讯息，是那种对故乡的思念，对亲人的牵挂与对亲情午夜梦回的点点滴滴。"相见时难别亦难，东风无力百花残。春蚕到死丝方尽，蜡炬成灰泪始干。"对近代的台湾民众来说，有时确是不折不扣的活生生写照。

　　谈起台湾的历史，大多数的学者都主张是"台湾四百年史"，他们之所以不愿追溯到更远更早，理由是："汉人对台真正大量移民"始自四百年前。其实撇开汉人的对台移民不谈，台湾的历史应可溯至数千年，甚至数万年前，只是站在汉人的大沙文主义立场，觉得这样的历史难成历史。原因是：历史是人创造的，历史也是人写出来的，"成者为王，败者为寇"，哪一部历史不都是这样？弱势族群永远上不了历史的舞台，即使上了舞台，充其量也只不过是做个摇旗呐喊的配角，甚或仅拿来作为陪衬，或被拿来做个严重扭曲的丑角。

　　历史固然是一面镜子，但历史这面镜子有时是凹透镜做成的，有时是凸透镜做成的，有时是哈哈镜做成的，它永远会扭曲与变形，会夸张与不真。但不论如何，历史作为一面镜子，它至少可认清自己，也可认识别人，即使有些模糊不清。

　　"唐山过台湾"是《经典》杂志在目前朝野上下都强调"本土化"的此刻，用面对历史真实面目的态度，用甘冒大不韪的勇气，所做的一次全面回顾与前瞻。既然是以"唐山过台湾"为主题，所论、所说、所写，当然以两岸百姓的来来往往为主轴；以政权的起起落落为幕序；以唐山移民冒着九死一生的无比毅力与决心，勇渡黑水沟为经；以四面八方蜂拥而至的不同族群胼手胝足，拓荒垦地，为生存与大地搏斗为纬。其间穿插了不少列强弱肉强食的残酷，外来移民与台湾原住民漫无休止的斗争，以及外来移民之间的分化与仇视、相异与相融的历程。

　　一部"唐山过台湾"的实史，无疑是中国大陆人民移居台湾，用血泪交织而成的历史。事实上，台湾和中国大陆发生的密切关系，确是这四五百年的事。但这四五百年，却大大改变了台湾的命运。台湾从过去海上的一个蕞尔小岛，千百年来孤零零地被遗忘在海之角的一边,现在却因为两岸政治格局的不同思维,变得剑拔弩张,饱受战争一触即发的威胁。族群也硬生生地惨遭蛊惑与撕裂。相互对立与仇视的阴影始终挥之不去,造成社会的不安与冲突,形成了真正所谓"台湾人的悲哀"。

另一方面,台湾又因数十年来,经济上缔造了世界性的奇迹,而政治上民主的进程,也几乎成为开发中地区民主化的典范,这些傲人的成绩和成就,使台湾一跃成为世界众所瞩目的焦点与要角。只是我们不知道:这些究竟应该说是台湾之幸呢,还是台湾之不幸?事涉意识形态,或许会见仁见智,众说纷纭,一切的是是非非,只好留待数百年后,由历史来论定了。

两岸关系与族群对立是台湾现在最大的两个隐忧,这或许是早年"唐山过台湾"的大陆移民所始料未及的吧。

早期大陆移民台湾是为生存,也为生活,虽然当时官方三申五令禁止移民台湾,但大陆沿海居民仍然不顾禁令,不惧黑水,不惜生命,前赴后继,一波波抢滩偷渡,他们用泪水与汗水灌溉了这块土地,不管是先来后到,他们都曾经为这块土地付出了真诚与真爱,不管是男是女,是老是幼,在这块土地上都应享有同等的权力,享受应有的尊重与彼此的关怀。

腥臊海边多鬼市,岛夷居处无乡里。
黑皮少年学采珠,手把生犀照咸水。

这是唐朝诗人施肩吾题名《岛夷行》,一名《澎湖屿》的诗,据说这是迄今为止所见最早吟咏台湾属岛的诗。当时台湾及其附近岛屿鲜少汉人移居。而诗中所指"黑皮少年"就是当时台湾的原住民。据宋朝朱或《萍洲可谈》一书有"鬼奴,色黑如墨,唇红齿白,髦卷而黄。

善游,入水不瞑"的记载,因此有历史学家认为:台湾上古住民有属于尼格利陀种的矮黑人,后来和东南沿海迁台的越族融合,成为现在原住民泰雅等支系祖先。

历史考证真真假假,假假真真,谁都不敢臆断对错,但从施肩吾约一千两百年前的诗,我们不难看出当时确是"岛夷居处无乡里",汉人鲜少移住。可见不论早期"唐山过台湾"的先民;或远来殖民的西班牙、荷兰;郑成功驱荷复台;施琅败郑归清;清末中日甲午战败,清廷割台议和;以至一九四九年国共内战,国民党全面战败,带着众多军民撤守台湾,都是外来移民,也都是外来政权,所不同的是先来后到而已,而且都是干扰原住民原本平静无波生活的外来者。

现在台湾的新移民,已不仅局限于新版的"唐山过台湾"了。现在台湾的新移民有比"唐山过台湾"更悲壮、更血泪交织的情景。外籍新娘的移入,让新移民更多样化与多元化了。台湾正面临着历史的转折和社会的崭新蜕变,究竟将来台湾会蜕变成一只毛毛虫,在地面上缓缓蠕动?还是蜕变成一只美丽的蝴蝶,在空中翩翩飞舞?造化弄人,世事无常,谁又敢预料!

过去"唐山过台湾"的移民潮,一波接一波,前浪引后浪。现在形势似乎有些逆转了,众多台商由台湾开始大量回流唐山,这种"台湾进唐山"的景象和心情,和早年唐山先民过台湾的景象和心情并没有两样,都是为了要拥有更美好的明天。所不同的是过去"唐山过台湾",靠的是锄头和铁肩,今天"台湾进唐山"带的是科技和金钱。不论现在或从前,大家都壮志凌云,各想闯出一片天。

距今约八百年前,宋朝诗人陆游在《感昔》一诗中说:

行年三十忆南游,稳驾沧溟万斛舟。
尝记早秋雷雨后,舵师指点说流求。

据说当时所说的流求就是台湾。诗人对台湾这个海边孤岛可能不是很在意，但现在我们对两岸的互动，无论在不在意，都不能掉以轻心与大意。历史的脚步悄悄向前迈进，两岸政治角力的进退，就像岛屿和陆地的浪潮，有时必须澎湃，有时必须平静。只要不是排山倒海，陆与岛总会不断持续往来。

　　《经典》杂志编采团队以将近一年的时间，从历史面、拓殖面、族群面、文化面、经济面、宗教信仰面、风土民俗面、时代悲剧面、渔工偷渡面、新移民人文面等"唐山过台湾"所带来的林林总总问题，予以重新的回顾和检讨，不仅回顾了先民渡海来台的艰辛，也重新评估台商西进的必要与无奈；不仅检讨了族群多元的美丽与哀愁，也检视了新移民文化的价值和未来。

　　《岛与陆——唐山过台湾·台湾进唐山》全书分为四篇，从第一篇"唐山过台湾"的历史回顾，第二篇开发拓殖的台湾现代化脚步，第三篇"新唐山过台湾"的旧情新愁，到第四篇台湾进唐山的移民回流，篇篇都有台湾移民史新记和旧痕，也有旧文化与新文明的激荡和相融。

　　今天取代昨天，明天又将推走今天，这就是自然的宿命，也就是历史的循环。在"本土化"意识苏醒高涨，并已俨然成为显学的现在，这本书的出版似乎有逆风而行之感。但我们还是要说："以铜为鉴可以正衣冠，以人为鉴可以明得失，以史为鉴可以知兴替。"更何况两岸齿唇相依，能有良性互动，就可共存共荣。

　　一九七二年诗人余光中曾写下《乡愁》这首诗：

　　　　小时候
　　　　乡愁是一枚小小的邮票
　　　　我在这头

母亲在那头

长大后
乡愁是一张窄窄的船票
我在这头
新娘在那头

后来啊
乡愁是一方矮矮的坟墓
我在外头
母亲在里头

而现在
乡愁是一湾浅浅的海峡
我在这头
大陆在那头

  诗人的乡愁对绝大多数的台湾人来说,或许不会有刻骨铭心的感觉。因为代代相传,时间慢慢久远,大陆的原乡已在记忆中逐渐褪去了颜色,中国变成了只可远望,不可近观。

  但对部分新台湾人来说,乡愁是一种寻寻、觅觅、冷冷、清清、凄凄、惨惨、戚戚的哀怨情愁。过去隔绝两岸的是天然的海峡黑水沟;现在通往两岸的障碍,是人为的偏见和政治人物的爱恨情仇。藉由这本书的出版,或许可以唤醒一些已沉埋的记忆,同时藉由这本书的省思,希望能埋葬一些因偏见的旧恨与傲慢的新仇。

# 站在浪头上远眺
## ——认识"南岛语族"的千古传奇

"南岛",一个非常浪漫又神秘的语词;"南岛语族",一个非常清新又莫测高深的概念,两者都让人产生无限的遐思与好奇。"南岛语族"概念的提出,虽然已有一百多年的历史,但直到现在,大家对这个概念仍然既新鲜又陌生。

像旭日东升后清晨的迷雾渐渐散去一样,"南岛语族"的真相,经许多学者专家的研究,已逐渐露出轮廓了;但无疑的,其中还有许多谜团有待进一步的探索与揭开。

但不管如何,不论从历史层面的剖析与考古层面的挖掘,都足以证明"南岛语族"是个伟大的海洋族群。四五千年来,他们与海洋为伍、逐岛扩散的那股旺盛进取心和生命力,确实让人动容。

根据学者专家的研究与归纳,所谓"南岛语族"是指东达复活节岛,西至马达加斯加,南抵新西兰,北到台湾的"南岛语"族群,他们的特质是坚忍不拔,他们的贡献是冒险犯难。如果我们能摆脱西方长期灌输给我们的观点,采用崭新的思维方式,我们可以肯定地说:"'南岛语族'才是伟大的探险家,才是不朽的发现者。"

而当美国语言学家白乐思(Robert Blust)、澳洲考古学家贝尔伍德(Peter Bellwood)与语言学家崔扬等著名学者宣称"台湾是南岛语族的原乡"时,我们的内心充满无比的感动。虽然这项宣称曾引发一些争议,但至少让我们了解到台湾的原住民曾经有过辉煌的过去,曾经可能是南岛语族源头的事实,这对我们重新认识台湾原住民的文化与历史,有一定程度的贡献。

世界虽然如许之大,天地虽然如许之广,但诚如古代诗人所吟唱的"海内存知己,天涯若比邻"的高亢曲调,确实也让我们警觉到整个世界在逐渐形成一个地球村的同时,大家应该体认"文化无高下,民族无良莠"的真义。文化是每个地区、每个民族的生活方式与传统,都是值得欣赏的;所有的民族,都有其源远流长的历史与传说,都是值得尊重的,更何况这个世界之所以美丽与缤纷,就是因为有不同组合的多元文化与不同生活方式的各种族群。如果有一天这个世界被归化成只有一种文化与一个族群,就未免太单调乏味了。

《经典》杂志不惜重资,不畏艰难,不辞辛劳,派出编采人员绕着南岛语族聚居的地方,进行全方位的搜集与深度的采访与探究,前后花了两年的时间,把搜集、采访与探究的成果,陆续发表在《经典》杂志上。同时,为了让读者对南岛语族有一番更全面性的了解,经过一番策划,先后出版了《发现南岛》与《南岛新世界》两本专书,其另一目的就是要向世界昭告:作为可能是"南岛语族原乡"的台湾,还是有人对原住民远祖的表现感到自豪。

文化必须代代传承,民族自信必须渐次增强,继《发现南岛》与《南岛新世界》两本专书之后,《经典》再次出版了这本适合儿童阅读的《认识南岛》童书,无非就是希望让我们的孩子从小就能认识南岛语族的史实,培养孩子恢弘的胸襟与气度。当然这本精心编印的童书我们不仅希望它适合原住民的孩子看,也适合非原住民的小孩读。只有让原住民的孩子更了解自己的族群,让非原住民的孩子更了解别人的族群,让所有居住在台湾的人民更了解台湾,我们才会对多元族群的台湾更加珍惜,对族群间的融洽更有助益,对多元文化的个别之美更能欣赏,这都有利于"海内存知己,天涯若比邻"理想的实践。

从南岛语族系列的探索过程，我们也获得了弥足珍贵的启示，那就是：台湾是一个面向海洋的岛屿，应该学习海洋的浩瀚与深邃，所以居住在台湾的人民，不分族群，不论老少，都应涵养宏观与宽容的器识，孕育坚毅与进取的精神。而要培养这种器识与精神，就必须从欣赏与尊重不同的族群与文化开始。"好书不厌百回读"，希望这本书能让读者获益。

# 蓝蓝的海洋，白白的云

"认识历史，才能更了解现况。"本着这个理念，《经典》杂志继《认识南岛》后，又编印了《走！到南岛去》小童书，要让小朋友在认识南岛语族的历史后，循着历史的足迹，进一步了解散布在辽阔海洋中的南岛语族生活现况，让大家对这个神秘而又可敬的族群有一番崭新的认知。

南岛语族人口之众，散布之广，可说是人类迁徙史中的奇迹，在横跨印度洋与太平洋的辽阔海域中，南岛语族散居在非洲、亚洲、大洋洲与美洲的边缘大小岛屿上，他们扩散时的强大爆发力，迁徙时的旺盛活动力，都足以构成一页页悲壮的史诗，写成一部部动人的传奇，留给世人无限的怀思并广为传诵。

如果说《认识南岛》是一本从历史文明的角度，对南岛语族所做的"纵的剖析"的话，那么《走！到南岛去》就是一本从地理文化的角度，对南岛语族所做的"横的导览"。千百年前南岛语族的先民，以一叶扁舟，在世界最辽阔的海洋上冒险犯难，他们像探险家，又像拓荒者，在一望无际的茫茫大海中，乘风破浪，逐一去发现，逐一去敲开罗列在海洋中的大小岛屿。而千百年后的今天，他们所繁衍下来的子孙，又如何在这些大小岛屿上一代又一代传承着先祖们所遗留下来的传统？而在承续传统与面对现代化之间，他们又如何创新与调适？或许《走！到南岛去》这本童书，可以给小朋友一些答案。

人间如果有乐园，南岛语族所散居的大小岛屿就是乐园；人间如果有天堂，南岛语族所生活的地方就是天堂。中国古代诗人说："忽闻海上有仙山，山在虚无飘渺间。"古人总认为神仙都居住在与世隔绝的海岛上，所以就有"蓬莱仙岛"之说。既然是神仙所居住的地方，那当然就是天堂；既然是天堂，那当然就是乐园。因为居住在那个地方，可以与世无争；因为居住在那个地方，可以怡然自得。

从非洲东部的马达加斯加岛到太平洋彼岸南美智利外海的复活岛，从大洋洲的波利尼西亚、密克罗尼西亚与美拉尼西亚到东南亚的印尼、马来西亚与菲律宾，最后回归到被认为是南岛语族原乡的台湾，在这些纵横数万里的大小岛屿上，南岛语族的小孩仍然笑靥灿烂，南岛语族的少女仍然健美纯真，南岛语族的男人仍然粗犷豪迈，南岛语族的妇女仍然简朴勤劳，南岛语族的老人仍然慈祥古朴。所不同的是，南岛语族的新生代，必须面对着时代的更替与社会的变迁，在传统与现代化之间，必须找到一条属于自己族群未来发展的出路，所以在各地的南岛语族中，我们从新生代的脸上看到了新希望，从他们的现代生活中，发现到了一个崭新的南岛语族正在形成与蜕变。

《走！到南岛去》，让我们去体会南岛语族的新生活与新生命，去发现南岛语族的新文明与新文化，去深刻体会南岛语族千古不变、坚忍不拔的生命力与悠然自得的适应力。

# 欲将新绿拭卿泪

大家都知道唐朝是中国历史上少数文治武功兼备的朝代；大家也都知道唐朝是中国文学艺术与东西交流最为发光发热、璀璨辉煌的时代；大家更知道唐朝有一位家喻户晓的伟大宗教家玄奘法师，唐僧西天取经的历险传奇，千百年来传颂不息；但大家也许不知道唐朝还有一位同样伟大的宗教家鉴真和尚，他为法忘躯，六渡日本五次失败，终至双目失明，羸病缠身，仍然不改传法初衷，终于登陆日本，为日本的佛教再造与文明再生，注入决定性的养分，起了关键性的作用。对于鉴真和尚东渡传法的悲壮史诗，世人也许会因为认识不足而对他陌生，但历史绝不会忽视他的贡献而对他冷落。

鉴真和尚与玄奘法师虽然同生于唐朝，但鉴真和尚晚生于玄奘法师八十六年。公元六六四年玄奘法师溘然辞世后二十四年，也就是公元六八八年，鉴真和尚才出生于扬州江阳县，两人虽然缘悭一面，但在佛法的西取与东传上，都分别做出了不可磨灭的贡献。

玄奘法师印度取经的艰苦历程，记录于由玄奘法师口述、其弟子笔记的《大唐西域记》中，而明朝小说家吴承恩又用怪诞虚幻的夸张手法，撰写成偏离正史甚远的神怪章回小说《西游记》，使得唐僧西天取经的故事平添许多传奇。趣味横生的虚构人物与曲折离奇的饱满戏剧张力，将《西游记》铺排成精彩绝伦、深受民间欢迎的章回小说之一。于是《西游记》里头的唐僧，凌驾了《大唐西域记》里的唐僧；玄奘法师也在《西游记》的推波助澜之下，成为家喻户晓的传奇性人物了。

鉴真和尚东渡传法的传奇与艰难，较之玄奘法师，其实也不遑多让。尤其他对汉传佛法的弘扬，对中日文化的交流，对当时日本文明的改造与再生，和玄奘法师促进中印文化交流一样，在历史上都有着举足轻重的地位。

所不同的是：玄奘法师是经由陆路偷渡西行，沿途翻高山、越峻岭、度荒原、横沙漠，餐风宿雪，前往印度求取佛经，并在印度游学十余年后返回国门，从事弘法译经的不朽工作。而鉴真和尚则在玄奘法师辞世后近八十年，应日本遣唐使中的留学僧普照、荣叡等人的邀请，东渡传法，将当时鼎盛的中国佛法与中国医药、艺术、建筑、文学等，经由水路传往日本，并在日本起了佛教与文化的改造作用。

同样是唐朝的弘法高僧，同样是为东西文化做出巨大贡献的佛门泰斗，为什么玄奘法师家喻户晓，备受尊崇，而鉴真和尚却相对陌生，备受冷落呢？原因或许不在于他们身前的贡献度，而是在于他们身后的宣扬度。

鉴真和尚是唐朝精通佛教戒律的著名律师，当时日本留学僧正寻寻觅觅，想找到一位持戒严谨、精通戒律，且学德兼具的大师，并礼请他前往日本弘法传律，戒律严明、德行出众的鉴真和尚，自然成为他们礼请东渡的不二人选。

公元七四二年，唐玄宗天宝元年，日僧荣叡与普照等人闻悉鉴真和尚的威名，特地前往扬州大明寺谒见鉴真和尚，并力邀鉴真和尚赴日传法。当时鉴真和尚已五十五岁了，也明知东渡日本大海茫茫，风疾浪高，充满许多不可预知的危险与艰难，但他为法忘躯，以弘法事大，仍然豪气干云地表示："是为法事也，何惜身命？诸人不去，我即去耳！"慨然应允荣叡等人的要求，毅然决定东渡。

鉴真和尚东渡日本，前后共计六次，从公元七四三年第一次东渡失败，到公元七五三年第六次东渡成功登陆日本，前后共花了近十一年的时间。期间，有遭诬告而功败垂成者，有遇惊涛骇浪而船破作罢者，有弟子担心鉴真和尚生死安危而告官制止者，有船行海上遇巨风而漂流回岸者，虽然遭遇如此之多的困顿与挫折，虽然第五度东渡失败更导致鉴真和尚双眼失明，丧失爱徒，但鉴真和尚仍然不改其志，仍然信守诺言，用坚定的语气说："为传戒律，发愿过海，遂不至日本国，本愿不遂。"这种异于常人的毅力和勇气，这种愈挫弥坚、百折不回的精神与作为，本身就是一篇感人肺腑的悲壮史诗，一篇轰轰烈烈的传奇故事。

鉴真和尚顺利抵达日本时，已是六十六岁高龄的眼盲僧人了，但他眼盲心不盲，把他最后十年最精彩的生命，全部贡献给日本了。"夕阳无限好，只是近黄昏"的情景虽然有些无奈，但青山斜阳，牧童笛歌，生命琴声的绕梁，人间晚晴的韵味，何尝不是一种难以言喻的动人境界与美善。此时的鉴真和尚就像晴空夕阳，将他最美丽、最绚烂的生命余晖，映丽了扶桑佛教；也像雨后珠露，将他最静寂、最精华的智慧，丰富了日本文化。

鉴真和尚的一生是如此的曲折传奇，对弘扬佛法与中日文化交流的贡献是如此的无与伦比，但不论在中国或日本，熟悉他的人并不多，这对鉴真和尚来说，未免有失公平。所幸有关鉴真和尚东渡传法的事迹，早在公元七七九年就由日人淡海三船撰写《唐大和上东征传》将它记录了下来，十三世纪更由镰仓极乐寺住持忍性，根据《唐大和上东征传》的珍贵史料聘请莲行等画家与书法家，于公元一二九八年完成了《东征传绘卷》，使得一代传法大师的高贵行谊和感人事迹，不致因岁月日渐久远、史料日趋佚散而遭埋没与流失。

"哲人日已远，典型在夙昔。"基于对日远哲人的尊崇与怀思，我们除了倾全力出版了《西域记风尘》上、下两册，用以缅怀玄奘法师西方取经的丰功伟绩外,更用尽心力策划出版了《鉴真大和上——六渡东瀛创宗传法》,这对鉴真和尚所做的历史贡献,虽然不能增加些毫光彩,但让世人对鉴真和尚应有的历史定位,却可以增加几分认识。其实早在十二年前慈济文化志业中心就曾经出版由林景渊教授编著的《鉴真大师画传》,所不同的是当时纯粹是以《东征传绘卷》为蓝本,这次则是以寻迹访古、追怀诠释为根据。

"风檐展书读,古道照颜色。"鉴真和尚是古道上踽踽独行的有道菩萨与传法高僧,对他一生传奇有高度兴趣的读者,不妨两书并列,交互阅读,或许就能坐享"神游古人世界,面对哲人谈天"的乐趣。

# 进也好，退也好

## 罢　官

如果当官是一种权术，那么无疑的，罢官就是一种艺术。

有人当官，"上台容易下台难"，那是因为权力的滋味，让他乐此不疲，喜而忘忧。

有人当官，"用则进，不用则退"，那是因为他知所进退，进则安邦利民，不用则卷而怀之，绝不拖泥带水。

陶渊明不为五斗米折腰，不屈服于宦场浊流，大唱："归去来兮，田园将芜，胡不归。"千载传为美谈。

郑板桥壮志难酬，高吟："乌纱掷去不为官，囊橐萧萧两袖寒；写取一枝清瘦竹，秋风江上作渔竿。"百年称为典范。

板桥在罢官归田之前两年，就曾咏菊以明志，兴起"归去来兮"之思：

进又无能退又难，宦途踽踽不堪看；
吾家颇有东篱菊，归去秋风耐岁寒。

盛世做官不易，乱世当官更难，板桥身当乾隆盛世，都有"胡不归"的感叹，何况乱世之臣、板荡之官！

其实郑板桥之所以能够流芳于世，不是因为他"官以济世，宦以利民"的壮志能伸,而是因为他"光风霁月,廉洁自牧"的情义一生与"沁人心脾,豁人耳目"的诗书画三艺。

板桥的艺文成就与贡献,论者虽多,而所见略同。例如张维屏在《松轩随笔》中说:

> 板桥大令有三绝:曰画,曰诗,曰书。
> 三绝之中有三真:曰真气,曰真意,曰真趣。

"真",是板桥艺文风格的总结,不论诗、书、画,如果抽离"真"字,它的风格尽失,其诗书画再也不是板桥的诗书画了。

## 率　真

所谓"真",就是率真,就是真性情,就是胸中无点尘。
读板桥诗文,赏板桥书画,有如苏东坡惊见米元章书文所说的:

> 独念吾元章迈往凌云之气,清雄绝世之文,超妙入神之字,何时一见之,以洗我胸中尘垢邪!今真见之,余复何言。

苏东坡之赞米元章,犹如今人之赞郑板桥。板桥诗书画之所以能够引人入胜,无他,全在于真性情、真雅趣、真气势,质朴率直,不假粉饰之纯与真。而板桥人格之所以得到世人的景仰,也是在于他的真、他的诚、他的纯与朴。
《楹联丛话》有一则关于板桥的轶闻逸事:

> 板桥解组归田日,有李啸村者,赠之以联。

板桥方宴客，曰："啸村韵士，必有佳语。"
　　先观其出联云："三绝诗书画。"
　　板桥曰："此难对。昔契丹使者以'三才天地人'属语，东坡对以'四诗风雅颂'，称为绝对。吾辈且共思之，限对就而后食。"
　　久之不属，启视之，则"一官归去来"也，感叹其工妙。

"一官归去来"对"三绝诗书画"，固属妙对，但也是郑板桥一生的写照。"三绝诗书画"是郑板桥的艺术成就；"一官归去来"是郑板桥的人生修养。有"一官归去来"的人生修养，才能成就郑板桥的"三绝诗书画"。

　　恬淡自适，远离宦途，是古今文人的通性，陶渊明如此，郑板桥也是如此。如果眷恋于权势，汲汲于名利，而想在诗书画有所成就的，几乎难矣，少矣！

## 民　　瘼

　　从郑板桥的家书中，我们可以看出郑板桥不仅是位仁厚的长者，也是位仁民爱物的仁者。他不忍百姓饥无食，寒无衣，灾无助，难无救，又眼见税吏强征横敛，妇孺哀嚎，弱老饮泣，百姓无助，而深感无奈，内心充满不平的呐喊与心余力绌的痛苦。

　　乾隆十一年，那年他五十四岁，从范县调到潍县，那年潍县大饥荒，饥民争相出关觅食，板桥目睹逃荒活命的惨状，悲恸万分，作《逃荒行》记述其事。

　　十日卖一儿，五日卖一妇；

来日剩一身，茫茫即长路。

野有曝骨，路有饿莩，卖儿鬻妇，易子而食，人间惨况，莫此为甚。百姓呼天抢地，但赒赈无门。板桥的《逃荒行》，赤裸裸暴露出官吏的无能与百姓的无助和无奈。

逃荒虽然残酷，饿死病毙的人固然众多，但人性终究未泯；逃荒之路虽然迢遥，但相互扶持、彼此关怀之事也屡见不鲜。这是人性的光明面与温馨面，让人在绝望中又看到一丝希望，例如《逃荒行》中说：

> 道旁见遗婴，怜拾置担釜；
> 卖尽自家儿，反为他人抚。
> 路妇有同伴，怜而与之乳。
> 咽咽怀中声，呷呷口中语；
> 似欲呼爷娘，言笑令人楚。

## 无　　愧

此景此情，让人心酸。路边弃婴固然幸运，路人慈愍令人欣慰，这是黑暗中的一线光明。郑板桥写天灾，也写人性；写悲惨，也写温馨；写绝望，也写希望；写黑暗，也写光明，为的就是要反映时代的真实现状与人性的真实面目。

在重修《兴化县志》卷八，有一段板桥开仓赈济灾民的记载：

> 调潍县，岁荒，人相食。燮开仓赈贷，或阻之，燮曰："此何时？俟辗转申报，民无孑遗矣。有谴我任之。"发谷若干石，

令民具领券借给，活万余人。上宪嘉其能。秋又歉，捐廉代输，去之日，悉取券焚之。

其实板桥不是只在岁荒灾厄时才关怀民瘼，平时他就非常注意民间疾苦，他有诗云：

衙斋卧听萧萧竹，疑是民间疾苦声；
些小吾曹州县吏，一枝一叶总关情。

可见郑板桥是位能体民瘼、能解民苦的好官，可惜在当时的体制与政治现实下，他的无奈更多于为民解劳。于是他终于做了决定，并在挂冠之日，说出了压抑已久的心声：

老困乌纱十二年，游鱼此日纵深渊；
春风荡荡春城阔，闲逐儿童放纸鸢。

掷去乌纱帽之后，板桥虽然两袖清风，但却无戚戚之色。摆脱宦途，一身逍遥，有的是"如鸟出笼，如鱼纵渊"的快乐与适意，相较于嗜欲权位、迷恋名利的人而言，板桥真可谓深得罢官三昧，懂得恬淡自适的人了。

"有人赶考赴京城，有人罢官归故里。"名利场上人来人往，有人想方设法，好不容易挣脱缰锁；有人千方百计，机关算尽自投牢笼。但进也好，退也罢，最重要的是要做到"仰俯无愧"的"无愧"两字而已！

# 不执不泥

## 代　谢

人类文明总是在新与旧之间摆荡前进,在法古与创新之中交融成长;于是新中有几分是旧,旧中有多少是新,一时间也难以说清楚、讲明白了。

古人说:"苟利于民,不必法古;苟周于事,不必循俗。"古,就是过去;俗,就是现在。不拘泥于过去,不屈从于现在,只要有利于民,只要能周于事,又何必在乎是法古,还是从今?古人恢弘的处事态度与超脱时空的思维襟怀,我们能说古法不如今法,古人不如今人?

做人处事如此,艺术创作又何尝不是如此?历史文明不断在演进,艺术创作不断在传承。所谓"演进",就是在既有的文明上演化前进;所谓"传承",就是在过去的基础上开发创新。没有过去的基础,就不会有现在的创新;没有现在的成果,就不会有未来的成就。所以,我们必须承认:所谓创新,已不是全然的新;所谓袭旧,也不是全然的旧。

"人事有代谢,往来成古今",这是人世间的常态。也正因为人世间呈现"代谢不住,念念生灭"的常态,所以才会有历史的演进,才会有技艺的传承,才会有后浪推前浪,一波又一波、绵延不断的人类文明。

面对物换星移、人事日非的情境,多愁善感的诗人,难免会有:"今人不见古时月,今月曾经照古人"的慨叹。但事实上,今人固然不见古时月,今月又何曾照过古时人。因为,"今人既然不是古时人,今月又岂是古时月"?不过,"今月延续古时月,今人传自古时人",应是不争的事实。这就是人世间薪薪相传,代代相续,新新生灭,代谢不住的大自然法则吧!

## 法　古

大自然的法则既然是"代谢不住,新新生灭",人类的历史文明又何尝不是"代谢不住,新新生灭"?历史就像是一条"逝者如斯,不舍昼夜"的长河,滔滔江流,虽然源远流长,总有它的活水源头。文化艺术也像"重峦叠翠,峰峰相连"的山脉,虽然千山竞秀,总有它的相承一脉。所以,新与旧,古与今,总是在交互激荡中汇流前进,我们既不能厚古薄今,也不能厌旧喜新。时节因缘,瓜熟蒂落,平常心是道,懂得欣赏最为重要。

郑板桥以诗书画见重于艺坛,但所谓"不经一番寒彻骨,哪得梅花扑鼻香",板桥的艺文造诣,得自后天的磨练,多于先天的秉赋,这从他的诗文与家书中可以看出端倪。

板桥擅长画竹兰,尤以画竹更为胜出。他曾说:

> 文与可画竹,胸有成竹。郑板桥画竹,胸无成竹,浓淡疏密、短长肥瘦,随手写去,自尔成局,其神理具足也。藐兹后学,何敢妄拟前贤。然有成竹、无成竹,其实只是一个道理。

这个道理是什么?就是"学问之道无他,勤之一字而已矣"!勤什么？勤法古、勤创新。我们就来看看郑板桥如何在勤字上用工夫，如何勤于法古，又如何勤于创新？

板桥曾在他所作的《墨兰图轴》上题款，说出了他学习画兰的心路历程与法古求变的心声。他说：

> 予作兰有年，大率以陈古白先生为法。及来扬州，见石涛和尚墨花，横绝一时，心善之而弗学，谓其过纵，与之自不同路。又见颜君尊五，笔极活、墨极秀，不求异奇，自有一种新气。又有友人陈松亭，秀劲拔俗，矫然自名其家，遂欲仿之。兹所飘擎，其在颜陈之间乎，然要不知似不似也。

## 创 新

从板桥上述习画兰历程的剖白中，我们不难看出板桥的用心处。陈古白就是明代画兰名家陈元素，板桥画兰以他为法，这就是法古；这就是一脉相承。但板桥并不以一味仿古为满足，他还要不断观摩，不断和同侪切磋。他欣赏石涛的墨花，但认为石涛的画风太纵，不同于他的画路，故仅止于欣赏。而对于同辈颜尊五的笔活墨秀、陈松亭的秀劲拔俗，心向往之，遂欲仿之。古人无常师，所以孔子说："三人行，必有我师焉。"板桥可以以古人为师，也可以以同侪为师，这就是他在画艺上所以能出类拔萃的原因吧！

板桥画兰如此，画竹亦复如此。尤其画竹，板桥更是自成一格，他一生画作，竹居泰半，可见他对竹的喜爱与对画竹的不辍了。

乾隆十八年，他掷去乌纱帽后，在新作《雨后新篁图屏风》上题诗云：

雷停雨止斜阳出，一片新篁旋剪裁；
影落碧纱窗子上，便拈毫素写将来。

二十年前载酒瓶，春风倚醉竹西亭；
而今再种扬州竹，依旧淮南一片青。

在上述的题诗上，依稀透露出些许板桥罢官返乡后的心绪与画竹创作的心得。

## 惟　　活

板桥画竹没有正式师承，他从别人的画作中观摩，从日常生活的观察中学习。他观察竹枝的随风摇曳，竹叶的移扫翻回；风急雨骤时，枝叶的猖狂百态；斜阳牧笛时，竹竿的幻化千姿。甚至他从纸窗粉壁、日光月影中，悟出画竹的秘诀。他说：

> 余家有茅屋二间，南面种竹。夏日新篁初放，绿阴照人，置一小榻其中，甚凉适也。秋冬之际，取围屏骨子，断去两头，横安以为窗棂，用匀薄洁白之纸糊之，风和日暖，冻蝇触窗纸上，冬冬作小鼓声。于时一片竹影零乱，岂非天然图画乎？凡吾画竹，无所师承，多得于纸窗粉壁，日光月影中耳。

大凡艺术家的艺术成就，非一朝一夕得来，而都要经过千锤百炼，不断寻求突破，从不停的自我创新与自我提升中得来。法古和创新，是古今艺术家获致高度成就的不二法门。

郑板桥常常标榜"难得糊涂"的好处，但他在为文作画上从来一点也不糊涂,他坚守他的画风,坚持他的价值,丝毫不在意别人的毁誉。他不但为自己的理想而活,也为他心爱的艺术而活。他虽然法古,但不泥古;虽然强调创新,但不持己见;板桥画风之所以宽广而又不拘一格,这就是原因吧!他曾说:

> 昔东坡居士作枯木竹石,使有枯木石而无竹,则黯然无色矣。余作竹作石,固无取于枯木也。意在画竹,则竹为主,以石辅之。今石反大于竹、多于竹,又出于格外也。不泥古法,不执己见,惟在活而已矣。

"活"是板桥在画艺上所要追求的。"活",表现在习画的历程上,就是活学活用,就是不执不泥;表现在画作的风格上,就是活泼生动,就是不呆不窒。欣赏板桥书画,如果能够抓住这个"活"字,就可以体会板桥艺作的个中三昧了。

# 平淡最甜

## 文　魂

　　文学创作,首重"情"字,文学作品中能够有血有泪,有笑声有汗水,全在于情之一字的挥洒,所以大凡好的文学创作,我们不能用理性衡量,而应以感性欣赏。只有感性,才能赋文学以生命,给作品以力量。有血有肉,有生命、有灵魂的作品,才算得上好作品。也只有好作品,才能发人深省,感人肺腑,回肠荡气,赚人热泪。

　　提起中国文学,大家都知道唐代的诗、宋代的词、元代的曲、明代的小说,都是登峰造极之作。宋词是唐诗的演化,元曲又是宋词的演化,都是文学表现格式与格调的迁流。

　　文学表现格式与格调的流变,是为让创作者的情感更能表达,更易抒发,更好挥洒,是文学创作者寻求情感解放的必然过程,也是文学薪传过程求新求变的必然发展。无孰优孰劣之分,无孰强孰弱之别。

　　长江万里归帆,西风几度阳关,依旧红尘满眼。
　　夕阳新雁,此情时拍栏杆。

　　楚云飞满长空,湘江不断流东,何事离多恨冗?
　　夕阳低送,小楼数点残鸿。

数声短笛沧州，半江远水孤舟，愁更浓如病酒。
夕阳时候，断肠人倚西楼。

江亭远树残霞，淡烟芳草平沙，绿柳阴中系马。
夕阳西下，水村山郭人家。

这是元朝吴西逸《天净沙·闲题》中的四首绝妙好词，作者在斜阳残照中，触景生情，感怀人生的聚少离多，慨叹"人事已全非，江山依然旧"。这种心绪，也许出自作者的多愁善感；也许是作者岁月蹉跎，大有"少年已白头"的哀愁吧！

## 道　情

郑板桥作《道情》十首，在当时巷间街头争相传唱，不知唤醒多少痴聋，消除多少烦恼，是板桥的呕心沥血之作，也是当时文学创作上仅有的美词佳曲。即使事隔两三百年之后的今天读起来，仍然妙趣横生，戚戚之情油然而生。

板桥在《道情》十首的开场白中，借词明志，用曲述情，无非要人放下名利，摆脱烦恼，恬适淡泊，清心自在。他说：

枫叶荻花并客舟，烟波江上使人愁；劝君更尽一杯酒，昨日少年今白头。

自家板桥道人是也。我先世元和公公，流落人间，教歌度曲。我如今也谱得道情十首，无非唤醒痴聋，销除烦恼。每到山青水绿之处，聊以自遣自歌。若遇争名夺利之场，正好觉人觉世。这也是风流世业，措大生涯。

板桥的《道情》十首固然是以笔墨游戏人间，但字里行间，句句呼唤，字字辛酸，他的目的，无非在"觉争名之辈，醒夺利之人"。天地由来是客舟，昨日少年今白头；是非名利转眼过，天边白云空悠悠。《道情》十首或许尚不足以洗人心智，但至少足以豁人耳目。虽然结尾时，板桥轻描淡写地说道：

　　风流家世元和老，旧曲翻新调，扯碎状元袍，脱却乌纱帽，俺唱这道情儿，归山去了。

这就是板桥所要诉求的重点，他要所有在名利场中打滚的人，挣开名缰利锁的束缚，体悟蜗角虚名两头空的真谛，带着清风皓月，徜徉于山水田野之间，享受那与世无争的生活情趣。

## 平　　淡

所谓"怕黄昏又近黄昏"，人过中年，就像太阳逼近西山，雄心壮志已消减，挺拔英姿渐不见，猛然回头，赫然发现："尘满面，鬓如霜。"百般心绪，万种闲愁，一一袭上心头。

难怪吴西逸在夕阳斜照的情境下，看到了"长江万里归帆"，会感叹"依旧红尘满眼"；看见"楚云飞满长空"，会叹息"何事离多恨冗"；看见"数声短笛沧州"，会悲叹"愁更浓如病酒"；看见"江亭远树残霞"，会羡慕"水村山郭人家"。吴西逸的词，看似写景，其实写情，一唱三叹，当然让人动容。

　　悲风成阵，荒烟埋恨，碑铭残缺应难认。

知他是汉朝君，晋朝臣。

　　富贵如云，荣华如烟，到头来名与利都成笑谈。板桥的《道情》十首也好，吴西逸的《闲题》也罢，重要的是：人应活得清净无忧，纯朴无愁。

　　无愧最安，平淡最甜。碑残铭缺埋恨，悲风荒烟成阵，谁管他是汉君晋臣！寄语"英雄豪杰、政坛精英"，名利竟如何？岁月蹉跎，何苦比强争胜！

# 老渔翁

> 老渔翁，一钓竿，靠山崖，傍水湾，扁舟来往无牵绊。
> 沙鸥点点轻波远，荻港萧萧白昼寒，高歌一曲斜阳晚。
> 一霎时，波摇金影；蓦抬头，月上东山。

这是郑板桥《道情》十首的第一首，他安排第一个出场的，就是手拿钓竿、垂钓江河的老渔翁。板桥何以要安排渔翁第一个出场？而速写渔翁又何以要凸显一个"老"字？这都是板桥的用心处。

郑板桥是江苏兴化人，兴化地近扬州，自古以来堪称鱼米之乡。辖内水道纵横，运河交织，既可引长江之水灌溉农田，又可蓄水成塘饲养鱼虾；境内水运大兴，货通有无。水波粼粼，荻港鱼跳；斜阳晚照，牧笛耕夫；茶楼酒肆，商贾喧嚣；墨客文人，琴韵歌声。这个毗邻"十年一觉扬州梦"的江南小城，既是鱼米富庶之乡，也是文风鼎盛之地。

鱼米既是兴化人民的生产大宗，平民百姓日常生活也都离不开鱼与米两大农产品，所以撒网捕鱼，临江垂钓，已成当时兴化常见的景象，也是村民"日出而作，日入而息"，养家糊口的生产方式之一。

文学创作要想"字养生民"，就必须不能脱离民间疾苦，必须要和现实结合在一起。写最熟悉的人，说最感人的事，抒发最刻骨的痛，陈述最铭心的情，真实无误地反映出寻常百姓的生活与心声，才是文学创作的价值处。

郑板桥说："写字作画是雅事，也是俗事。"文学创作者应"刻刻以万物为心，句句道着民间痛痒"，才有益于社稷民生，才能字养生民。否则以区区笔墨供人玩好，不仅是俗事，而且会变成"天下之废物的锦绣才子"！

因此，板桥所要写的就是最熟悉的人、最熟悉的事、最熟悉的物。他要和贫苦大众站在一起，要和中下阶层打成一片，要说出他们的痛处、痒处，要代言他们的喜怒哀乐，这就是何以板桥在《道情》中将老渔翁安排第一个出场的原因。

而板桥速写渔翁之所以要特别强调"老"渔翁，是因为只有老字才能道尽岁月沧桑，才能说尽人间冷暖，才能感触萧萧荻港的那份苍茫，而名缰利锁，蜗角虚名，也唯有老者能看破、能看淡。就如同罗贯中《三国演义》开卷词所说的：

> 滚滚长江东逝水，浪花淘尽英雄。
> 是非成败转头空，青山依旧在，几度夕阳红。
> 白发渔樵江渚上，惯看秋月春风。
> 一壶浊酒喜相逢，古今多少事，多付笑谈中。

江水流逝了青春，岁月留下了刻痕，满头白发的渔樵，看惯了秋月春风，历尽了世态炎凉，雄心已随流水逝，壮志已付东风飘，名与利对他们来说，有如过眼云烟；成与败对他们来讲，已似同水月镜花。在滚滚红尘中能洞彻人生，看穿荣辱的，唯有饱经风霜的老者了，这就是郑板桥写钓者必称老渔翁的用心吧！

板桥用老渔翁的心绪写老渔翁；用老渔翁的眼睛写江渚；用老渔翁的感情写扁舟；用老渔翁的视野写沙鸥；用老渔翁的喜乐写斜阳；用老渔翁的自在写金波荡漾，写月上东山。这时的郑板桥再也不是郑板桥了，这时的郑板桥已化身为头戴斗笠，手执钓竿，"靠山崖，傍水湾"，放线垂钓的老渔翁了。

因为老渔翁一不钓名，二不钓利，所以面对点点沙鸥、叶叶扁舟而能恬然自适。若非老渔翁对名利有那份淡然，对人生有那份顿悟，对生命有那份洞彻，又如何能如此逍遥自在，如何能如此笑傲高歌？

萧萧荻港，夜冷昼寒；沙鸥点点，攸来攸往。叶叶扁舟，无牵无绊；高歌一曲，笑向斜阳。老渔翁的快乐是来自对物欲的恬淡，来自对无求的心安，来自内心的自然而然。板桥历经宦海浮沉，深谙名缰利锁之害，所以才能深体老渔翁之淡、之安、之喜、之乐了。

图书在版编目(CIP)数据

生命的风华/王端正著. —上海：复旦大学出版社,2015.9(2017.9 重印)
ISBN 978-7-309-11278-8

Ⅰ.生… Ⅱ.王… Ⅲ.散文集-中国-当代 Ⅳ.I267

中国版本图书馆 CIP 数据核字(2015)第 053233 号

生命的风华
王端正 著
责任编辑/邵 丹

复旦大学出版社有限公司出版发行
上海市国权路 579 号 邮编：200433
网址：fupnet@fudanpress.com http://www.fudanpress.com
门市零售：86-21-65642857 团体订购：86-21-65118853
外埠邮购：86-21-65109143 出版部电话：86-21-65642845
浙江新华数码印务有限公司

开本 890×1240 1/32 印张 5.625 字数 133 千
2017 年 9 月第 1 版第 2 次印刷
印数 3 101—5 200

ISBN 978-7-309-11278-8/I·893
定价：35.00 元

如有印装质量问题,请向复旦大学出版社有限公司出版部调换。
版权所有 侵权必究